Dystopie

Nation inversée

Théâtre

Marc Dupuy

Nation inversée

Théâtre

Mentions légales

du même auteur :

La légende de Sara Africa – Roman - Éditions Spinelle – 2022

La persistance de la mémoire – Roman – Préface du Général (2S) Hugues Silvestre de Sacy – Ancien Directeur du Service Historique de l'Armée de l'air ; membre de l'Académie de l'Air et de l'Espace – Éditions du Panthéon 2019

Édition : BoD · Books on Demand, 31 avenue Saint-Rémy, 57600 Forbach, bod@bod.fr

Impression : Libri Plureos GmbH, Friedensallee 273, 22763 Hamburg (Allemagne)

ISBN : 978-2-3225-7109-3
Dépôt légal : Mai 2025

« **J'estime que l'art à un rôle initiatique : il doit donner de l'envergure. Il doit élargir notre horizon visuel et mental** »

Arturo Schwarz (1924-2021)

Stan	DJ
Michou	Directeur de boîte de nuit
Lara	Influenceuse révolutionnaire
Cléo	Son amie d'enfance
Monsieur Cyryl	Animateur télé
Moa Zidong	Présidente de la République
Adolphe	Le romantique qui s'aime
Émoi émoi 1	Tigrams
Émoi émoi 2	Jumeau de Émoi émoi 1
Un journaliste	Journaliste terrain de « la voie juste »
Charles	Reporter sans frontière
Sara	Rédactrice en chef du journal « la voie juste »
Jean	Philosophe
Arthur	Clown
Antoine	Philosophe , maître des concepts abstrait
Mathieu	Scientifique fasciné par les mystère de l'univers
Vic	Historienne passionnée d'histoire et de légendes
Lina	Enfant tigrams
Tom	Enfant tigrams
L'homme livre	
La foule	

1
10 ans en arrière

Quatre vigiles entrent dans la boîte de nuit. Costumes sombres et chemises blanches. Pas de cravates. Ils parlent chacun leur tour.
-Stan n'arrête pas de bouger.
-Il est nerveux.
-Se laver les mains.
Encore une fois !
La main droite d'abord
puis la gauche.
-Pour Stan
c'est plus qu'un rituel.
Se laver les mains
pour la douzième fois en une heure,
c'est normal.
Ce jeune homme pense qu'il est important
de se laver les mains.
Il fait cela
soit après avoir touché un objet
soit salué un ami.
Il est comme ça.
-C'est maladif.
-Problème
Stan est DJ...
Il en touche des boutons
des fils
des micros chaque soir...
Mais voilà
personne ne le fera changer.

C'est son mode de vie.
Il fait cela depuis tout petit.
Il dispose d'un lavabo mini et design
à côté de sa platine de mixage.
Lorsqu'il se déplace dans les clubs
même si c'est en avion
il l'emporte.
-Ne pas l'avoir serait dramatique.
-C'est arrivé une fois.
-C'était il y a dix ans.
à cette époque il enchaînait les tournées
et les jets lags lui faisaient dégoupiller le cerveau.
-Sa prestation venait de débuter.
Le Pacha était noir de monde.
3000 personnes avaient les yeux rivées
sur DJ Stan !
-Les filles du premier rang débordaient d'enthousiasme.
Toi Jo dit « Michou »
tu plaçais les derniers VIP arrivés en retard.
Tout était réunis pour une soirée magique.
Stan débarque sur la scène. Les quatre vigiles ressortent.
Stan – Bonsoir le Pacha !
La vie est belle ?
Stan hurle dans le micro sans le toucher.
Nooon !
C'est quoi ce bordel !
Il cherche quelque chose.
Depuis la salle, l'un des quatre vigile, toujours sans cravate et en costume sombre.
L'un des quatre vigile – Stan crie tellement fort que certains tympans font « pop »

Sur l'écran au fond de la méga salle, les yeux du patron sont sortis, tel un Toon, de leurs orbites. En deux temps trois mouvements, la copie de Michou arrive sur le podium.

Michou – Ça va Stan ?

Que se passe t'il ?

Un problème ?

On a oublié ta conso ?

Stan – Jo, je me barre.

Dans ces conditions,

je ne reste pas !

Michou – Pourquoi ?

C'est quoi le problème ?

Stan – Regarde !

Il montre ses deux mains ouvertes. Aucun son ne sort de sa bouche. Il est comme statufié.

Jo vas-y trouve le moi.

Sans lui, c'est impossible.

Michou – Je ne comprends pas !

Stan – Dépêche toi, je déteste attendre.

Michou – Qu'est ce que tu veux ?

Stan – Me laver les mains !

abruti !

Par un claquement de doigts sec, Michou demande à ses boys de vite trouver un lavabo.

Michou – Magnez vous le train les gars

je ne voudrais pas que notre ami nous file entre les doigts.

Stan – Tu as raison Jo.

Le premier des quatre vigile, depuis la salle. Toujours sans cravate et en costume sombre.

Le vigile - Vous imaginez votre tête en voyant ce spectacle ?

La foule – Lavabo...

Lavabo...

Puis de plus en plus fort.

Lavabo...

Lavabo !

Le deuxième des quatre vigile *depuis la salle. Toujours sans cravate et en costume sombre.*

Le deuxième vigile –Vous imaginez 3000 personnes crier « lavabo !

Certains dansent en rythme tout en gueulant « lavabo » !

Le troisième des quatre vigile d*epuis la salle, toujours sans cravate et en costume sombre.*

Le troisième vigile – La patience de Stan est arrivée au bout.

Sans micro Stan annonce :

Stan – Salut les gars.

Je prends mon jet et je me casse.

Pas de lavabo, pas de sono.

La foule – Ouais !

Tu as raison.

Le quatrième des vigiles depuis la salle, toujours sans cravate et en costume sombre.

Le quatrième vigile – Au sein de ce public bigarré entre 15 et 40 ans, certains ont une tête d'influenceuse venant de découvrir que Stan était DJ.

Lara – Non mais quoi ?

C'est pas possible !

Tu as vus Cléo comme il est beau !

Tu crois qu'il a son propre jet privé ?

Cléo – Bien sûr ma Lara chérie enfin !

L.O.L !

Qui n'a pas son jet now !

Lara – Tu veux toutes nous tuer ?

Et la planète bordel !

faut qu'elle vive !

Tu veux m'éliminer ?
Terroriste !
Voleuse de vie !
 Mais qu'il est beau !
C'est quoi son p'tit name ?
Cléo – Stan je crois.
Regarde sur ton tel
doit y avoir une news du Pacha.
Au même instant « Michou » s'époumone en faisant de grands gestes.
Michou – Alors,
vous l'avez trouvé ce lavabo ?
Donnez lui du gel !
Donnez lui du gel !
Allez allez !
J'ai une réputation à tenir mes p'tits choux !
Deux employés courent partout.
Lara – Waooou,
regarde Cléo !
On est en vidéo sur l'insta du Pacha !
Cléo – Mets un like et partage pour nos follow !
Michou – Mais, ce n'est pas possible !
Stan, t'en vas pas.
Non ne t'en vas pas.
Nuit tu me fais peur !
J'ai du gel pour tes belles mains
regarde !
Il est tout neuf.
Stan – Non
je me tire
on se cale une nouvelle date.
Allez les gars

on remballe tout et on rentre chez nous.

C'est nul ici.

Même pas de lavabo ni de jus de fruits végan !

Ciao les looser !

Michou – Stan,

reviens !

J'ai les mêmes à la maison !

Je te laisse carte blanche.

Tu mixes ce que tu veux.

Même ta dernière...

doucement.

bouse.

Stan – Ok, je la joue pour toi !

Lara – c'est super cette musique.

On fait une choré ?

Tu vas voir,

ça va nous rapporter des centaines de nouveaux pigeons.

Tu en as combien toi ?

 Moi c'est 200k.

Mon objectif c'est 500k comme CR8 !

Cléo – Trop forte ma Lara !

Je te rattraperai bientôt.

J'ai imaginé des supers story.

Faut que je me bouge pour les copier.

J'ai déjà le titre : « paradise de ouf ».

Ma Lara, c'est pas l'heure du jeu ?

Lara – Celui de monsieur Cyryl avec deux y ?

Cléo – Yes my dear ! Viens, on s'arrache de la !

2
10 ans plus tard
Décors de jeu télé

Quelqu'un dans le public, costume sombre sans cravate et chemise jaune.
Quelqu'un dans le public – Plaine Saint-Denis, studio 15.
8 heures du matin.
Surprise !
Monsieur Cyryl – Bienvenue les amis.
Fait une citation hors du temps.
Nous sommes des créatures tellement mobiles.
et reprend.
Dans cette finale de « Ce n'est qu'un jeu ! »
avant de commencer,
je voudrais saluer deux spectateurs fidèles :
Moa Zidong
Se lève et salue de la main droite.
Et notre mascotte...
Adolphe – P.H.E
Se prend en selfie en se levant.
Monsieur Cyryl – Pour nos candidats,
je commence par la dame.
T'es Lara. J'ai bon ?
Lara – Oui et je suis une méga influenceuse.
Moa Zidong – Chuper Lara, t'es la meilleure !
Monsieur Cyryl – Fantastique !
Bienvenue dans l'univers délirant de Lara,
extraordinaire.
Imaginez un mélange explosif
entre un flamant rose survolté
et une licorne experte en jonglerie.

Lara,

c'est la tornade qui réinvente l'arabiata.

Suivez-là. C'est un avion de chasse.

Avec elle, tout est possible,

tout est réalisable, même l'impossible.

Et tu vends quoi ?

Je le sais mais dis le toi.

Lara – Je suis la reine des réseaux !

Personne peut m'battre.

Je vous explose tous.

Vous êtes des nains à côté de moi !

J'vends quelque chose de très personnel.

Moa Zidong se lève depuis sa place dans le public.

Moa Zidong – J'en ai acheté !

Adolphe coupe Moa Zidong.

Adolphe – Moi,

c'est Adolpheu.

Connais pas cette Lara.

 Lara – Et toi le p'tit chef pseudo romantique !

La ferme !

J'ai droit au respect.

Tu t'crois beau

par ce que tu viens à chaque fois dans le public ?

T'as pas de vie ?

Mets toi à genoux...

Euh non, t'es trop minus.

Alors oui,

si vous voulez des poils de mon chat,

c'est 100 balles

les 10 grammes.

C'est cadeau !

Commandez directement sur Chamoi.la.fr.

Mon but : faire casquer tout le monde
et devenir millionnaire
et avoir une voiture de sport rouge !
Monsieur Cyryl – bravo Lara, t'es super !
Moa Zidong – Ché vrai cha !
Adolphe – Alors moi,
je suis le plus grand admirateur de...
Moi même.
Et se reprend en photo.
Monsieur Cyryl – J'adore cette fille.
Elle est trop forte.
Crie fort.
C'est laralal !
Temps d'arrêt.
T'as ton miper j'espère !
Lara – Pas besoin
je le paierai, on s'en fout.
C'est juste un papier.
Monsieur Cyryl – Trop forte.
Adolphe *coupe l'animateur.*
Adolphe – Vous avez vu comme ma peau est douce ?
Monsieur Cyryl – Pas maintenant beau gosse.
Bon, vous connaissez le principe du game ?
Je pose des questions
si vous répondez juste
vous avez 1000 follows de plus.
Par contre les amis
si vous êtes à la ramasse,surprise !
Lara !
T'es avec nous ?
Lara – Ben oui,
j'suis là.

On m'voit pas ?

Lara mime un chat qui sort ses griffes.

Monsieur Cyryl – Alors, vous êtes prêts les loutres ?

Adolphe - Oui, non, peut-être !

Lara – Ben oui, on est pas là pour faire des selfies !

Adolphe – Ah ben si ! ...

Pour mes follows.

Il se prend en selfie en plan serré.

Monsieur Cyryl – C'est la biche qui commence.

D'abord,

tu dois lancer le dé à 37 faces

tout en chantant l'alphabet à l'envers.

Lara – Quoi ?

C'est dingue !

C'est impossible.

Ok,

j'lance le dé seulement si l'juge danse la salsa sur une chaise invisible.

Moa Zidong – Oui !

Monsieur Cyryl – C'est de bonne guerre.

Première question !

Celle là, elle est pour toi.

Écoute bien ma beauté :

Dans quel conte...

Lara – C'est nul comme question !

J'peux googler ?

Monsieur Cyryl – Non enfin !

C'est pas du jeu !

Je termine...

Dans quel conte de Grimm,

un animal avec de grandes bottes...

Est coupé par Adolphe

Adolphe – Facile...

L'égyptien qui a toujours des lunettes de soleil
et qui est bien sapé !

Émoi émoi 1 dans le public.

Émoi émoi 1 – Eh moi j'sais !

Monsieur Cyryl – C'est easy ma poté,
pense à Disney !

Tu peux mimer une pieuvre en train de tricoter une écharpe arc-en-ciel pour t'aider.

Lara tapote sur son téléphone tout en mimant la scène.

Lara – Je l'ai !

Adolphe – Ben oui,
je t'ai donné la réponse !

Eh !

Elle triche !

Émoi émoi 2 dans le public.

Émoi émoi 2 – Non !
c'est moi ,
c'est Émoi émoi 2.
je sais mieux que mon frère !

Monsieur Cyryl – Parfait,
ça mérite une évasion d'abeilles en tutu pour le bonus !
Tu as la réponse ?
Alors vas-y Lara Croft,
tu penses à quoi ?

Émoi émoi 1 dans le public.

Émoi émoi 1 – Je suis né avant mon jumeau,
c'est moi qui ai raison !

Émoi émoi 2 dans le public.

Émoi émoi 2 – C'est pas juste.
C'est toujours toi le premier !
Secoue toi, sinon la pulpe elle va rester en bas.

Lara – Ben...
Maître Grims !
Monsieur Cyryl – On cherche un animal ma crocro...
Et tu les adores.
Lara – Les poissons ?
Monsieur Cyryl – C'est ta réponse ma belle ?
Lara – Ben oui... J'adore Némo !
Monsieur Cyryl fait une olà avec le public et une tarte à la crème
fonce sur la figure de Lara.
Monsieur Cyryl – Et oui ma beauté !
J'adore ce jeu.
Lara furieuse, fait un doigt d'honneur au public et crie :
Lara – Némoooo !
Moa Zidong – Ohhhhhh !
Adolphe prend une photo de Lara et rigole.
Adolphe – T'es trop nulle ma crocro !
Game over !
Monsieur Cyryl – Vous voulez la réponse ?
Adolphe – Non, non
on s'en fout !
Lara – Une serviette !
Je suis allergique à la crème !
Enfoiré !
Monsieur Cyryl – À toi beau gosse.
C'est facile.
Tu devrais trouver.
Adolphe – J'suis trop fort !
Émoi émoi 1 dans le public.
Émoi émoi 1 – J'avais raison.
Lara – Pfff quel débile ce mec !
Puis fixe la caméra.
Dédicace à mon chat Chamoi mes follow !

Monsieur Cyryl – T'es prêt ?

Émoi émoi 2 dans le public.

Émoi émoi 2 – Scout toujours prêt ?

Adolphe – Oui !

Monsieur Cyryl - Top !

J'ai une petite moustache.

Je crie sur tout le monde.

J'ai imaginé un truc de dingue en 40...

Je suis ?

Je suis ?

Adolphe – Borak ?

José Bové ?

Martinez ?

Papy fait de la résistance ?

Monsieur Cyryl – Alors beau gosse,

tu as choisi ?

Adolphe – Euh, j'vais dire Mini moi.

Monsieur Cyryl - Tu as dit qui ?

Adolphe – Mini moi j'crois.

Monsieur Cyryl - Tu as dis qui ?

Adolphe – J'bloque !

T'es pas cool Cyryl avec deux y

de me faire répéter !

J'sais plus !

 Borak ?

Monsieur Cyryl – Tu as dis qui ?

Adolphe – J'bon ?

Monsieur Cyryl enclenche une deuxième olà...

Et une autre tarte à la crème fonce sur la figure d'Adolphe.

Monsieur Cyryl – Dommage !

Tu es passé à un poil de chat des 1000 follow supplémentaires.

*Adolphe fait un nouveau selfi*e.

Adolphe – Quel homme !

Quel homme !

Émoi émoi 2 dans le public.

Émoi émoi 2 – « Je suis fou du chocolat Lanvin ! »

Monsieur Cyryl - Pas de gagnant ce soir !

Envoyez la pub.

On se retrouve demain pour la revanche.

Je vous aime !

En coulisse.

Je viens d'avoir une idée.

C'est génial.

J'ai déjà le titre : « Défis de ouf ».

Je vous fais le pich :

Le jeu met en compétition quatre équipes de deux personnes.

Chaque équipe doit relever une série de défis pour accumuler des points.

La première épreuve sera « les défis de ouf »

Exemple :

Le concours du plus grand nombre de chaussettes portées en un minute.

La construction de méga tour en guimauve.

Ensuite

le jeu sera suivi d'épreuves à la fois physiques et mentales.

Je vois bien nos candidats danser

tout en portant des palmes

tout en mémorisant des sons étranges

pour les reproduire

avec des ustensiles de cuisine.

Coool non ?

Ensuite

pour la finale

il y aurait un défi surprise.

Je vous vois venir,
pas de tarte à la crème non
mais les équipes doivent affronter des épreuves imposées par le public
via une application.
Vous en pensez quoi ?
Ça va cartonner non ?
Temps d'arrêt.
Aller,
c'est reparti pour les enregistrements !
On se met en place !

3
Retour brutal

Sur scène, deux vigiles reviennent. Costume sombre et chemise noire pour le premier. Costume sombre et chemise blanche pour le second. Ils parlent chacun leur tour.
-Paris, hall de Roissy 2.
-Charles, l'âme vagabonde subit.
-Reporter sans frontière, du Soudan, il revient.
-8 heures 30, valise en main, le temps le fuit.
-Métro automatique, son destin en main.
-Au téléphone, résonne la voix d'une femme.
-Charles, tu es rentré ? Ton avion a touché terre ?
-Au journal, l'actualité s 'enflamme.
-C'est Sara, ta rédac chef.
-Des horizons lointains, des récits en l'air.
-Messager du monde, ses mots s'éparpillent.

-Dans le tumulte urbain, vers le journal,

-Il file.

-Retour à une vie banale.

-À son retour du front, l'information vacille.

Charles assis dans le public.

Charles – Une fois encore,

je sui pressé.

Non pas que je dois trouver des cadeaux pour Noël

non

mais j'ai rendez-vous.

La rédac chef du journal « la voix juste » veut absolument me voir.

C'est urgent.

Le deuxième SMS qu'elle m'a laissé était très flou ;

Il était simplement écrit :

le texte s'affiche sur l'écran.

« Viens à 11heures au Flore ».

Qu'est ce qu'elle me veut.

En général Sara m'ignore quand je reviens de mission.

Étrange.

Sur scène, les deux vigiles reviennent. Costume sombre et chemise noire pour le premier ; costume sombre et chemise blanche pour le second.

-Au rythme du téléphone, l'homme danse.

-Un message clignote.

-Impératif.

-Les bips-bips résonnent, l'instant s'avance.

-C'est encore moi, dépêche toi.

-Exclamatif.

-Les vibrations du portable, messager.

-Le coeur pressé, le temps frisonne.

-Réveille l'urgence dans ses pensées.

-C'est encore moi, répète la voix.

-Réclame le destin qui hante.

-Charles avance, pas le choix.

-Porteur de cette mélodie pressante.

Charles est maintenant assis sur le devant de la scène.

Charles – Laisse moi le temps de souffler.

Mon séjour au Soudan n'a pas été de tout repos.

Mais je crois que j'ai des photos intéressantes.

Charles fait semblant d'écrire son SMS. Une personne passe avec une pancarte où il est écrit :

« *Je te retrouve au Flore* ». Même pas le temps de me changer et défaire ma valise.

Charles enfile sa doudoune du Ponant et referme sa porte blindée.

Pourquoi Sara est si énigmatique ?

Ce n'est pas dans ses habitudes.

Charles se lève sans bouger. Bruits de métro et sonnerie. Les deux vigiles reviennent encore une fois. Même costume sombre et chemise noire pour le premier. Costume sombre et chemise blanche pour le second.

-Sous la danse des flocons, Paris s'efface.

-Le métro aérien fend la bise avec malice.

-Les pavés disparaissent, place à la glace.

-Dans le froid, la ville lumière glisse.

-Les freins crissent sur les rails avec fracas.

-Aucun pas ne plie, les parisiens restent droit.

-Et le funiculaire de Montmartre,

-Vers les sommets nous envoie.

-Le haut du pavé se dartre.

-Encore une fois.

-2000 mètres plus haut,

-Paname devient station de ski.

-Mince alors, j'ai oublié mon chapeau.

-Paris en transe, défi.

-Malgré la glace.

-La vie persiste.

-Audace.

-Dans cet espace, l'hiver parisien résiste.

Charles est debout. Face public.

Charles – Pas de temps à perdre !

Pas le temps de s'attarder.

Il faut reprendre ses habitudes de zombie du Subway.

Regarder et ne sourire à personne.

Fabriquer sa bulle protectrice contre toute agression.

Ici c'est Paris.

Pas question d'être en retard.

D'ailleurs

Sara ne supporte pas les retards.

Question de principe.

Être toujours en mode « je fonce ».

Charles se met à fredonner un air du groupe Demi-mondaine

« A Paris sous la neige,

c'est Paris merveilleux

Paris sous la neige,

c'est un Paris somptueux ».

Les deux vigiles continuent accompagnés par deux pilotes de lignes qui entrent sur scène.

-Après avoir affronté les escaliers.

-Les Tourniquets.

-Les longs couloirs.

-Les contrôle de la police ferroviaire.

-Les musiciens accrédités.

-Les mélanges de parfums.

-Le quartier latin est juste là.

-Au dessus de Charles.

Charles est maintenant sur scène avec les quatre viviles.

Charles – Vivement l'air pur.

Premier vigile – L'heure du rendez-vous est proche.

Charles avale les dernières marches pour se retrouver face au mythique café Boulevard Saint-Germain des Prés. Charles est assis en terrasse.

Deuxième vigile – 10 heures 55.

Contrat rempli.

Charles est à l'heure.

Premier pilote – Sara arrive

pantalon style écossais

camaïeu de marron

des bottines marron et un manteau...

marron.

Son écharpe rouge vole au vent.

Deuxième pilote – C'est une addict à Jean-Charles de Castelbajac.

Sans même lui faire la bise

elle agrippe Charles et le pousse vers le fond du café là où il y a peu de monde.

Sara arrive sur scène.

Sara – Il faut que je te parle.

Charles – Je le vois bien.

Que se passe t'il ?

J'ai raté quelque chose quand j'étais au Soudan ?

Les as-sudan ce sont exilés ?

Sara – Tu as vu l'émission en prime time ?

Le jeu ?

Charles – Quoi ?

Quel accueil !

Même pas tu me demandes si je suis fatigué !

Sara – Non, pas le temps
c'est trop sérieux.
Charles – C'est quoi le problème ?
On a été racheté pendant mon séjour africain ?
Qui est mort :
le grand patron ?
Ton mari t'a quitté ?
Sara – Arrête Charles.
C'est hallucinant, incroyable,
jamais vu ça !
Une première,
 un cataclysme !
Charles – Océane à fait un coup d'état ?
Sara – Tu n'es pas loin de la vérité !
Charles – Non, tu déconnes !
Dis-moi que ce n'est pas arrivé !
Sara – Par quoi je pourrais commencer...
Charles – Tu me fais peur là.
Je ne t'ai jamais vu dans cet état.
Tu as bu combien de Whisky avant de venir ?
Deux,
trois,
quatre ?
Sara – Arrête !
C'est énorme comme info !
Charles – Alors crache le morceau.
tu m'énerves là,
je suis crevé !
Accouche !
Sara – C'est affligeant...
Je n'ai rien compris à un jeu télé hier soir.
Je vieillis ?

Charles – Tu me fais venir parce-que tu n'as rien compris à un jeu ?

Je m'attendais à autre chose.

Je ne vois pas ce qu'il y a d'extraordinaire là-dedans !

La télévision est farcie de jeux débiles.

Sara – Je ne sais pas, je te répète, je n'ai rien compris.

C'est sans queue ni tête et absurde.

Charles – Calme toi,

cela ne sert à rien de se mettre dans un tel état pour un jeu.

Au même instant, Sara reçoit une vidéo sur BamBam. Les personnes qui parlent ont un langage très particulier. En fond on entend des cris.

Sara – C'est quoi ce bordel ?

Je spam direct.

Charles – Quoi ?

Sara – Je viens de recevoir une V.N.I

Charles – Quoi ?

Sara – Une vidéo non identifié sur BamBam.

Charles - Ouvre là.

C'est safe ?

Sara – Attend,

je vérifie.

Temps d'arrêt.

Sara – Cette voix,

tu la reconnais ?

Charles – De quelle voix parles-tu ?

Sara – Tu comprends quelque chose ?

Charles – C'est qui ces guignols ?

Sara – C'est surréaliste !

C'est ici à Paris,

enfin, je suppose car cela parle français non ?

Regarde,

des gens sont parqués dans des enclos.

Ils ont interdiction de dire des mots compliqués ou bien de chanter du Barbara ou du Ginsburg...

C'est dingue !

Charles – Incroyable !

Oui, c'est en partie en français mais après,

c'est du chinois.

Sara – C'est très court cette vidéo.

Charles – On y distingue des gens ?

Sara – C'est si rapide...

Je vais la repasser.

Charles – Laisse moi voir,

j'ai la vista. !

Les yeux rivés sur l'Ipad, Sara et Charles tentent de s'accrocher aux sons et aux silhouettes.

Charles – Attends Sara !

C'est notre ami G !

Il me semble reconnaître sa voix.

Que fait-il là ?

Sara – Franchement.

Je ne comprends pas.

J'imagine plusieurs hypothèses mais,

j'en reviens toujours au même point.

Les « ravisseurs » parlent français.

Bon,

c'est un langage très primaire mais,

c'est efficace.

Charles - Il n'y a qu'une seule vidéo ?

Sara – Oui !

Quel jour sommes-nous ?

Charles – Mardi soir,

jusqu'à minuit ;

pourquoi ?

Sara – Donc,

on devrait recevoir une autre vidéo encore ;

voire deux si ils sont logiques.

Charles – Oui,

c'est surprenant que BamBam ne réagisse pas à cette vidéo.

Sara – Je n'aime pas cette atmosphère.

Charles – Faut creuser...

D'autres journalistes sont au courant ?

Sara – Oui, sûrement.

Il faut que tu accélères.

On doit être les premiers à expliquer cela.

Charles – C'est sûrement un délire d'influenceurs.

Il ne faut pas paniquer.

J'en ai vu d'autres.

Et puis demain,

il y aura autre chose.

Une actu plus bancable

et surtout vu comment cela se passe au Liban,

on a déjà pas mal de taff.

Sara – Je ne suis pas d'accord,

c'est hors norme ce truc !

Il n'y aucune logique.

Charles – La voilà ton info surprise !

C'est un début.

Bon ok.

J'ai compris,

tu veux que je me bouge pour te rassurer

c'est cela ?

Sara – Oui Charles,

c'est la première fois en vingt ans de carrière que je ne comprends

pas une info !

Charles – Non,

c'est la deuxième fois en cinq minutes.

Sara – Je vieillis ?

Charles – Non Sara,

non mais tu sais bien que les infos,

ça va, ça vient.

C'est notre quotidien.

Au fait,

tu veux voir mes photos du Soudan quand ?

Pas la veille du bouclage j'espère ?

Sara – Pas pour le moment.

C'est trop urgent de se bouger pour trouver qui ils sont.

J'ai l'impression que tu débarques de Mars !

Attends,

c'est incroyable ces images.

J'ai tort ?

Charles – Je n'ai pas dit ça.

Tu vis à deux cents à l'heure.

 Respire,

profite.

Cela fait combien de temps que tu n'as pas pris un week-end

en amoureux avec Jacques ?

Un mois,

six mois,

deux ans ?

Sara – Là n'est pas la question,

depuis quand tu penses pour moi ?

Charles – On se connaît depuis plus de vingt ans.

Tu dois lever un peu le pied.

Tu sais,

je suis assez fier de mes photos.

Elles feront date au prochain festival d'Arles.

Sara – Tu es bouché ?

Ce n'est pas le moment.

Charles – Ce n'est jamais le moment !

Sara – Notre journal peut être dans une séquence historique.

Je me dois de suivre le cours de l'Histoire.

Charles – Tu n'as pas envie de visionner mes photos ?

Sara – Et là, il y a quelque chose à faire.

Il y a une bascule indéniable.

Charles – En fait,

 tu ne m'écoutes pas !

Sara – Je te demande de trouver ces déglingos.

Tu as carte blanche.

Sois prudent et efficace comme tu sais l'être.

Tu peux bien faire cela pour moi ?

Charles – Si tu le souhaites,

je m'y colle.

La police peut m'aider.

Sara – Pas la police pour le moment.

Tu es comme Bébel...

Un solitaire.

À ce soir au cercle !

Essaye de te reposer.

Charles – Au vu de ton comportement,

prends un bon bain,

déstresse !

À ce soir !

4
Jour de manifestation

Quelqu'un assis dans la salle habillé *tout en blanc.*
Quelqu'un assis – Midi place des insomnies.
Sur des pancartes en carton, on peut voir des slogans très variés.
Des manifestants déambulent sans paroles.
-J'ai soif
-Pourquoi yaplu d'beurre !
-Je cherche un date ! J'suis belle !
-Ils sont passés où mes follow ?
-Je ne veux plus de salade dans mon assiette !
-Avec mon plein, je peux aller sur Mars ?
-Pourquoi un ballon de foot est rond alors qu'on a les pieds carré !
-Putain ! Il pleut encore !
-Stop ! J'peux plus avancer, j'ai les pieds en compote.
-C'est loin l'arrivée ?
-Quel est le con qu' a inventé l'temps ?
-Si jamais j'suis enceinte, on met du son a fond ?
-C'est la goutte d'eau qui met le feu aux poudres !
-La vérité a deux sens : être vrai ou être fausse.
-Avant, on pensait qu'la terre était ronde !
-Elle est aussi plate qu'un ancéphalopithèque !
Un journaliste entre rapidement sur scène.
Un journaliste – Alors contente mademoiselle ?
Lara – T'es qui toi ?
Dégage de mon chemin !
T'sers à rien !
Un journaliste – Oui, mais encore,
quel est votre projet,
vos revendications,
votre but dans la vie ?

Lara – Quoi !

J'ai le droit d'être là.

Tu vas faire quoi pour m'en empêcher ?

Un journaliste – Rien du tout mademoiselle.

Je suis là pour faire mon travail.

Lara – Nous c'qu'on veut c'est être heureux,

être heureux avant d'être vieux.

Se laisser porter tout en décidant de notre vie.

On veut pouvoir réaliser nos rêves,

être libre,

être riche,

être indépendant,

être important,

manger c'qu'on veut,

pouvoir choisir qui on est,

travailler à rien faire,

s'lever quand on veut

Un journaliste – J'ai le droit de vous demander

ce que vous faites ici place des insomnies.

Lara – Par votre faute,

vous les journalistes,

vous m'avez obligée à faire un tsunami écologique pour sauver not' maison !

La terre doit se peupler de p'tits hommes verts.

Nous les « Tigrams »,

on est le bras armé de la révolution.

On n'en peut plus des blas-blas.

Et puis j'vomis sur les pseudos intellectuels qui nous gouvernent.

J'vous hais !

Un journaliste – Les quoi ?

Lara – J'suis fière de faire partie de l'armée des petits hommes verts pour le grand remplacement.

Un journaliste – Les quoi ?

Cléo – T'as pas compris mec ?

C'est quoi que tu n'as pas entendu ?

Lara – Laisse tomber Cléo.

C'un minable.

Un journaliste – Vous êtes qui ?

Des extras-terrestres ?

C'est quoi « Tigrams » ?

Lara – On s'en fout.

C'est pas important.

On supporte plus vot' soi-disant supériorité.

Vous n'avez pas le monopole du cerveau.

J'ai pas fait d'grandes études.

J'suis une influenceuse mondialement connue et,

j'suis fière de ne pas être comme vous qui savez tout sur tout et

rien sur rien.

Je n'ai qu'un dieu :

internet et la vie en vert

et j'suis contre tout ceux qui nous pourrissent la vie.

Un journaliste – De quoi parlez-vous ?

Cléo – Ben des mangeurs de livres !

Un journaliste – Des amoureux de la lecture ?

Lara – Toi,

t'es complètement bouché !

Moi, j'ai la force de celle qui và jusqu'au bout.

Et vive les blagues qui font marrer. Je déteste les livres.

Ça sert à rien.

J'ai mille fois plus de follow que toi pov merde.

Un journaliste – Je ne vais pas rentrer dans votre jeu abject.

Si vous voulez,

j'en ai une pour vous :

Pourquoi les plongeurs plongent-il toujours en arrière et jamais en avant ?

Lara – Sais pas.

Un journaliste – Par ce que sinon, ils tombent dans le bateau !

Cléo – Pas compris...

C'est quoi la question ?

Un journaliste – Sans importance,

le fond des abysses est atteint.

Pauvre de nous.

Bienvenue dans le monde palpitant du vide.

Là où les idées s'évaporent plus vite que la promotion du siècle.

Le journaliste quitte la scène. Émoi émoi 1 et Émoi émoi 2 débarquent dans la manifestation.

Émoi émoi 1 – T'as vu Émoi émoi 2 ?

Émoi émoi 2 – Quoi Émoi émoi1 !

Encore un truc pour ranger les chaussettes ?

J'ai un flash :

« Enfilez du fun avec nos chaussettes ! »

Émoi émoi 1 – Non mon jumeau,

mieux qu'ça !

Une machine à laver avec un bouton « lavage magique » qui plie les fringues paf comme ça !

Émoi émoi 2 – « Transformez la sal'té en émerveillement avec not' lavage magique ! »

Cléo voit les jumeaux.

Cléo – Eh les amis,

vous savez quoi ?

J'ai appris comment faire pousser des carottes géantes dans un jardin !

On try?

Émoi émoi 1 – Moi j'suis d'accord,

tant qu'on peut aussi planter des fraises géantes pour faire des maxi tartes.

Cléo – Bon,

c'est décidé,

on va avoir une machine à laver magique,

des carottes géantes et des tartes à la fraise de la taille d'un bureau ovale !

Émoi émoi 2 – Ah ben ça,

c'est la vie.

On voit toujours les choses en grand !

En avant les carottes géantes !

Pour une santé rayonnante,

choisissez la carotte !

Croquez la vie à pleine dent !

Cléo – C'est bon ça !

Dispersion de la manif dans la fumée.

5
Retrouvailles entre amis

Un vigile assis quelque part habillé tout en bleu.

Un vigile – Le soir même à 19heures.

Charles et Sara retrouvent Jean et Arthur au club LittérArt dans le 7 ème arrondissement de Paris.

Ils se réunissent chaque deuxième mardi du mois pour discuter sur des thèmes entre philosophie et improvisation autour de textes de nos grands auteurs.

Jean – Bonsoir les amis,

j'espère que le moral est bon.

À partir de maintenant,

toutes nos pensées sont tournées vers nos maîtres adorés.

Aucun être vivant qui a défendu notre belle langue ne doit être oublié.

Je rappelle notre thème du jour :

« Je renonce à la poésie,

je vais être riche demain ».

Qui débute ?

Charles – Eh bien,

pourquoi pas moi.

Sans réfléchir,

renoncer,

c'est faire preuve de sagesse.

Qui l'est assez pour franchir ce pas immense ?

Je ne me sens pas assez armé pour cela.

Peut-être par peur du vide.

J'ai trop d'appétit pour les mots pour renoncer à rêver.

Jean – Je suis un chevalier et,

je me dois d'attaquer sans relâche les moulins du renoncement.

Quoi de plus fantastique qu'un poète qui renonce à son sang.

C'est à mon sens,

la mort parfaite car à cet instant,

notre coeur sera riche d'être perdu à jamais.

Charles – Comme tu y vas !

Jean – Être perdu dans les limbes d'une feuille de papier à peine effleurés par la plume encrée est jouissif.

Charles – T u te sacrifierais toi, le chevalier errant ?

Franchir le Rubicon ne t'effraie donc pas ?

Charles – Il est d'autres combats qui me semble-t-il ne se terminent pas en mise à mort.

Jean – Écrire,

Écrire et encore écrire

pour que notre langue si riche,

Continue à diffuser toutes les subtilités d'un sonnet,

pour ne pas que nos lecteurs sombrent dans une catharsis implacable.

Charles – Mais toi Jean,

Il faut toujours que tu te mettes en avant

comme si le ciel en dépendait.

Respire,

profite.

Sara – Un peu de retenue mes amis,

je sens que vos volcans intérieurs veulent déborder.

Attention à ne pas tout gâcher

par des nuées ardentes dévastatrices

qui auront des effets

que vous ne soupçonnez pas le moins du monde.

La fougue et le suicide ne sont pas la solution.

La retenue également.

Il me semble que nous devons nous réinventer.

La poésie c'est cela non ?

Jean – Oui !

Sara – Nous devons imaginer la poésie de demain.

À nous de nous positionner pour que la mutation devienne inhumaine.

Charles – Je chante la joie d'errer et le plaisir d'en mourir.

Arthur mime.

Jean – Incorrigible guerrier !

Quant à la question si malicieusement posée,

je réponds par l'affirmative.

Oui,

je renonce à la poésie !

Charles – Non,
Pas toi !
Sara – C'est un peu court jeune homme !
Jean – Eh oui
Car,
dans l'abîme des mots,
je plonge et je délaisse.
Je renonce à la poésie,
Cette tendre ivresse.
Les vers se taisent,
Muets dans leur détresse,
Ma muse s'endort,
Laissant le silence en liesse.
Arthur se fige dans une mimique inquiète.
Les rimes,
dansantes,
Se figent en émoi,
Je renonce à les façonner,
à cet art qui m'envoûte,
les strophes,
fragiles échos d'un temps d'autrefois,
s'effacent,
effleurant à peine le bord de ma route.
Dans le silence pesant,
mon coeur bat en sourdine,
je renonce à la poésie,
mais elle reste en évidence.
elle habite mon être,
Une éternelle épine,
qui me murmure ses vers
avec persévérance.
Alors,

malgré l'aveu,
dans chaque respiration,
la poésie persiste,
insaisissable émotion.
Je renonce à la nommer,
mais elle est ma passion,
un doux secret,
vibrant au creux de ma raison.
Charles – Je pense que tu n'arrêteras jamais Jean !
Tu as la poésie dans le sang !
Temps d'arrêt.
Les amis !
Vous voulez un scoop ?
Je reste en France.
Il y a depuis peu,
des phénomènes étranges,
qui se passent dans notre pays.
Je peux en dire deux mots Sara ?
J'ai l'autorisation ?
Sara – Oui,
bien sûr.
Il faut malgré tout être discret.
Je compte sur vous tous..
Je sais votre professionnalisme,
et votre sens du mot honneur.
Vous n'êtes pas Littérarcien pour rien.
Vous faites partie d'un groupe influent,
qui dispose de relais partout,
jusqu'au plus haut sommet de l'État.
Charles – Sara à regardé un jeu,
Et madame n'a rien compris !
Elle s'est mise dans un état de stress que je n'avais jamais vu.

Mais je ne vais pas l'enfoncer plus.

Il y a plus grave.

Notre avenir est maintenant dans vos mains.

Soyons coeurs vaillants !

Nous devons résister,

Quoi qu'il arrive.

Sara – Eh bien Charles,

Je crois que nous n'avons pas le choix.

Arthur montre un visage interrogatif.

Jean – Quel est donc ce phénomène qui te tient à coeur mon ami ?

Charles – C'est grâce à Sara.

Jean – Comment cela ?

Charles – Oui.

Jean – Oui,

C'est tout ?

Charles – Eh bien oui.

Jean – C'est un peu court jeune homme.

Tu n 'as pas récupéré de ton voyage africain ?

Charles – Sans doute

Mon ami,

Sans doute.

Je suis perplexe devant la tâche

qui m'a été confiée.

J'ai songé à dire non.

Une certaine idée de l'homme est menacée.

Cela mérite qu'on la défende.

Sara – Charles ?

Charles – Oui ?

Sara – On se connaît depuis combien de temps ?

Charles – Depuis plus longtemps qu'avec ton mari...

C'est même moi qui te l'ai présenté,

Un soir de première,
De madame Butterfly à Milan !
Tu as oublié ?
Sara – Non,
Bien évidement,
Comment le pourrais-je !
Sara se fige brusquement. Son téléphone vient de biper.
Une de ses applications vient de signaler un nouveau contenu.
Sara – Et voilà.
Les deux autres sont là...
Jean – Quoi ?
Que dis-tu ?
Qui est-ce qui vient d'arriver ?
Arthur mime la surprise.
Sara – Le jeu de piste continue...
Charles – Les images sont plus nettes ?
Arthur vient se positionner entre ses deux amis, les bras en l'air.
Jean – Cela ne vous dérangerait pas de nous expliquer ?
Quel est le problème ?
Nous voulons savoir.
Charles – C'est ce que je commençais à vous dire.
Vous allez pouvoir vous faire une opinion en direct.
J'ai vu la France de loin,
Par mon métier,
Mais là,
avec cette affaire,
je m'interroge,
en cherchant des réponses,
dans les yeux de l'étranger.
Jean – Ma question va vous sembler bête,
Mais...
Sara – Non, continue.

Jean – Qui sont ces gens ?

Tous se penchent pour regarder le téléphone portable de Sara.

Charles – Je pense que l'âge de glace du genre humain est devant nous. L'Empire romain est devenu décadent avec ses dérives que l'on connaît.

Que vaut notre civilisation aujourd'hui ?

L'homme avec un petit « h » redevient mollusque.

Il se comporte de plus en plus comme une tribu primitive.

Merci le progrès,

merci la mondialisation,

merci la vie !

Bienvenue à l'homo chamalus,

qui est semble-t-il,

en passe de nous bouffer tout cru,

même si j'imagine,

qu'ils sont tous végans,

ou autre chose encore.

Le rationnel est mort.

Ne m'appelez plus jamais homme,

l'homme m'a laissé tomber,

ne m'appelez plus jamais homme,

il va falloir m'oublier !

Arthur mime un homme qui vient de se prendre une balle en plein coeur.

Jean – Ah oui,

On en est là ?

Sara – Je crois que notre cher reporter,

n'a décrit que la face immergée de l'iceberg.

Le mal est beaucoup plus profond.

L'humanisme est en train de mourir.

J'aimerais me tromper,

mais j'en doute.

Nous sommes arrivés à un tel niveau de bêtise et de déchéance
intellectuelle,
qu'ils sont incapables de discerner
le vrai du faux
et inversement.
Regardez les infos,
c'est absurde et souvent surréaliste.
Où sont le sens critique,
le débat,
l'argumentation ?
Plus rien n'a de sens.
Tout est en déliquescence.
Les rares choses vraies,
utiles,
sont noyées dans la masse.
L'insurrection commence.
Arthur mime le tableau «la liberté guidant le peuple ».
Jean – J'hallucine.
C'est quoi ce truc ?
Charles – On vous avait prévenus,
C'est du lourd,
du grand n'importe quoi,
du brutal.
Arthur réagit.
Jean – Ils parlent en quelle langue ?
Tous ont les yeux rivés sur l'écran.
Jean éclate de rire.
Arthur mime.
Je ne comprends rien !
Ils nous parlent de dos ces cons !
Même pas capables de nous regarder en face.
Au fait Sara...

Sara – Ne ris pas,

C'est très sérieux comme info.

Arthur mime l'air étonné.

Vous avez devant vos yeux,

La nouvelle rencontre du troisième type.

Jean – Tu as été la seule à recevoir cette... merde ?

On sait où c'est ?

Je vois vos mines figées,

je vous avoue que là,

vous avez du lourd,

du très lourd.

Va falloir être prudent.

Sara – Oui,

Je le crains.

Je le pense.

En temps normal,

je sais que d'autres journaux moins regardants,

publient ces choses là.

Tu sais,

tout se vend,

tout s'achète.

Jean – Je te comprends mieux Charles.

Tu viens d'hériter d'un sacré bourbier.

Te connaissant,

tu vas aller droit au but,

avec un résultat fantastique.

Charles – Merci,

Mais là,

c'est autre chose.

Moi,

mon job,

c'est photographier l'instant.

Être là où le sens de l'Histoire me guide.

Je ne suis pas « Reporter sans frontières » pour rien.

Jusqu'ici,

j'ai toujours su ramener ma carcasse en en plus ou moins bon état

après chaque mission.

Mais là,

je ne sais pas où aller !

Je suis perdu dans mon propre pays.

Je suis pétrifié,

à l'idée de sauter dans un vide sidéral.

Jean – Calme toi,

Respire.

Il faut être méthodique.

On va tranquillement regarder les images

Et tenter d'y voir un peu plus clair.

Arthur mime le stress et la détresse.

Charles – Non,

J'ai peur.

Jean – Toi ?

Charles – Oui !

Jean – Tu devrais te reposer,

Tu es arrivé depuis longtemps ?

Charles – Ce matin.

Même pas eu le temps de grignoter un bout.

Tout s'est enchaîné.

Je suis là,

vivant,

crevé,

et je n'ai qu'une envie...

Dormir.

Jean – Le vol s'est mal passé ?

Charles – Comment te dire...

J'ai failli ne jamais partir.

L'aéroport a été bouclé peu de temps après le décollage.

Une énième tentative de coup d'état est en cours au Soudan.

J'ai miraculeusement sauvé mes appareils et mes ordis.

Heureusement que j'avais mon passeport diplomatique,

Il me sert bien celui-là dans certaines situations.

Et puis,

choc thermique en arrivant ici !

Puis choc téléphonique avec harcèlement

pour couronner le tout !

Je suis content d'être revenu.

Sara – Tu as un passeport...

Charles – Diplomatique,

Oui,

Il ne faut pas ?

Vu les endroits où je suis envoyé,

je me dois d'assurer mes arrières.

Sara – Eh bien,

Tu es un sacré cachottier !

Charles – Non.

Je suis prudent.

Le privilège de la renommée.

Passons.

Mettons-nous au travail.

L'addition de nos interprétations sera productive ou ne sera pas.

Temps d'arrêt.

Tu te souviens Sara... Promotion Léon Gambetta,

C'est à la fois loin et si proche.

Comme quoi,

l'amitié peut être durable.

Sara – Oui,

Tu n'as pas tort,

mais c'est loin tout ça.

Jean – Oui mais, que de souvenirs !

Sara – Toi,

Jean,

tu es un phare pour nous tous.

Arthur,

tu es un tendre bonbon,

Fragile et tellement...

Arthur frappe son coeur.

Quant à toi,

Charles,

tu as embrassé très vite après,

avec le bonheur que l'on connaît,

une magnifique carrière de diplomate de l'image.

Charles – À quel prix ! À quel prix.

Jean – Quel parcours mon ami !

J'ai toujours été admiratif de ton travail,

d'une précision chirurgicale.

J'ai d'ailleurs un souhait !

Charles - Lequel ?

Ton entrée à l'Académie des Beaux-Arts,

Tu y as ta place.

Charles – Merci, tu vas me faire rougir.

Se tourne vers Sara.

Tu sais,

J'ai toujours admiré ton courage.

Sara – Je sais à quoi tu penses,

c'est une vieille histoire.

Et j'avance.

Je suis en vie,

C'est tout ce qui compte.

Jean – Tu as failli perdre la vie !

Un soir de mai.
Arthur mime.
Sara – Je le répète,
c'est loin tout cela.
Cela fait dix ans,
et nous avons un défi qui se dresse devant nous.
Qui me laisse perplexe.
Jean – Je sais ma chère,
Mais,
la tentative d'attentat contre ta personne
nous avait à l'époque bouleversés.
Tout cela pour une chronique tenue
pour le Courrier International.
J'aime aussi beaucoup,
ta manière de cacher cette trace indélébile sur ton cou,
par la légèreté des couleurs de ton créateur fétiche,
Jean Charles de Castelbajac.
Ton combat au sein de l'association mondiale
pour la scolarisation des jeunes filles est aussi très important.
Sara – Nous ne sommes pas là,
pour ressasser le passé.
Nous devons sans aucun doute,
nous lancer dans une bataille
entre la culture et la bouillie.
Charles – Mettons-nous au travail.
Le temps presse.
La bêtise ne doit pas gangrener un monde
devenu complètement désorienté.
Jean – Je crois,
Mes chers amis,
que le ver est déjà dans le fruit.
Arthur mime avec humour les mots de Jean.

Charles – Comment ?

Quoi ?

Le monde va finir ?

Je marche déjà à travers les ruines de notre civilisation,

Alors,

peut-il être pire ?

Jean – Nous périrons par où nous avons cru vivre.

Je vous demande à vous mes amis,

et à l'ensemble des hommes,

qui sera capable de me montrer ce qui subsiste de la vie !

La ruine ou le progrès universel,

peu importe le nom.

Cela passera par l'avilissement du coeur.

Je pense,

que sous peu,

les futurs gouvernements,

seront forcés pour se maintenir,

de créer un fantôme d'ordre,

de recourir à des moyens,

qui feront frissonner notre humanité actuelle,

pourtant déjà très endurcie.

Charles – Tu as raison.

Il se peut que je refuse de regarder la déchéance humaine

que j'ai depuis si longtemps immortalisée dans mes clichés.

En réalité,

mon coeur saigne en voyant la jeunesse blasée par :

Le plaisir,

la vertu,

l'amitié,

le poids de la vie.

Ils semblent être écrasés avant de la connaître.

Sara – Je ne te reconnais plus !

Charles – La jeunesse me fait pitié.

Je comprends qu 'épuisé,

le vieux succombe,

mais,

ne me parlez pas de vieillard de vingt ans !

Je connais le monde entier.

J'ai vu les plus pauvres d'entre-eux,

sourire à la vie,

quand leurs nations sont pillées.

jeunesse,

garde toi de cet impur marasme,

qui remplit l'âme de fiel.

Garde ta fraîcheur,

et ton enthousiasme,

ce sont là des trésors qui te viennent du ciel.

On dit que l'homme est égoïste.

Je sais qu'il peut être bon.

Mais,

plus je voyage,

plus je suis triste de voir ce que l'homme devient.

L'être est présent,

mais ce n'est qu'une façade pour mieux paraître,

dans un monde artificiel,

où tout n'est qu'illusion,

mensonge,

tartufferie.

L'homme soi-disant civilisé,

n'a plus aucun contrôle de ses émotions.

Cela me fait vomir.

Quel gâchis !

Jean – Tu veux tout plaquer ?

Charles – Non,

mais,

c'est sans doute mon denier combat.

Je suis fatigué de toutes ces conneries.

Je suis un dinosaure voué à disparaître.

Il lance ses derniers assauts,

en espérant un miracle !

Voir la raison,

le partage,

la culture,

la tolérance triompher.

Sara – Ça y est,

le voilà qui débloque.

Tu as une mission mon cher Charles,

sauver le monde du dérèglement cérébral de l'humanité !

Tu n'es pas fier de cela ?

Charles ne réagit pas.

Avec tes clichés,

Tu sondes les hommes

scannant leur plus profond.

Je sais que nous sommes à la croisée des chemins.

Le point de non retour est sans doute atteint.

Mais, nous devons par respect

pour nos chers disparus

et nos contemporains,

nous lancer ensemble,

dans la bataille du maintien de la connaissance.

Nous devons avoir foi en l'homme.

Notre survie en dépend.

Courage,

fierté,

détermination,

seront nos trois piliers.

Nous sommes ensemble ?
Arthur applaudit sans faire de bruit.
Le reste de la troupe reste de marbre.
Jean – Sara, tu devrais te présenter.
Sara – À quoi ?
Arthur mime un président qui a des tics.
Jean – Tu as toutes les qualités pour cela : L'abnégation,
le courage,
le compromis et l'écoute.
Sara – À la présidence ?
C'est gentil mais vous en êtes sûr ?
Je vis pour mon métier.
La politique,
jamais de la vie !
Charles – Oui,
c'est une évidence pour nous
et je te l'ai dit il y a longtemps,
tu es une femme formidable !
Sara – je vais y réfléchir.
L'échéance est encore loin.

6
Soir d'élections

Un vigile dans le public tout en jaune.
Le vigile – Bâtiment 5, Plaine Saint-Denis.
Débat entre Moa zidong et Sara Bielsko :
Deuxième tour de la présidentielle.
Charles est dans le public.

Charles – Qu'est-ce que je fais ici ?

Viens-tu pour gouverner ?

Comme obligé,

je me soumettrai au nombre.

Par cet acte symbolique,

je sais parfaitement que mon vote ne servira à rien.

Regardez !

Il y a qu'un seul tas qui descend.

Nous avons perdu d'avance.

D'une certaine manière,

mon bulletin symboliserait

que je refuse de penser en mouton.

Mais,

d'un autre côté,

Temps d'arrêt.

deux femmes pour une place !

Eh voilà.

L'animateur entre en scène. Sara le suit puis vient Moa Zidong.

Dans cette conjoncture,

c'est historique.

Monsieur Cyryl – Bienvenu à :

« On s'en fout de vous ! »

Le programme qui rend fou !

Ce soir,

après le débat,

vous pourrez choisir votre présidente.

C'est la classe non ?

Les deux candidates se présentent.

Sara – Bonsoir chers compatriotes.

C'est un honneur d'être devant vous ce soir.

Moa Zidong – Chalut !

Vive Moa !

Chez bon ?

On a le résultat ?

Monsieur Cyryl – Merci mesdames.

Non pas encore.

L'émission vient de commencer.

Moa Zidong – Trop long,

chui fatiguée moa.

Monsieur Cyryl – Pour savoir qui sera présidente,

vous avez une urne de bulletins obligatoirement pliés.

Tapez 1 ou 2 par SMS.

2€ par appel et bien sûr,

vous pouvez appeler plusieurs fois.

Plus vous appelez,

plus je m'en mets plein les poches !

Il y aura un tirage au sort à la fin de l'émission

pour désigner le Premier Ministre.

Qui se propose ?

Vous ?

Vous ?

Vous ?

Un homme lève la main.

Vous monsieur au troisième rang ?

Il me semble vous connaître !

Comment vous appelez -vous ?

Émoi émoi 1 – Émoi émoi 1

Monsieur Cyryl – Je m'en doutais.

Émoi émoi 1 – Ben oui,

Parce que j'ai un frère jumeau

Pour pas qu'on nous confonde.

Monsieur Cyryl – Merci monsieur.

Bravo pour votre engagement.

Émoi émoi 1 – J'adore me mettre en avant.

Vous avez vu !
Je gère.
Monsieur Cyryl – Bien joué l'ami !
Mais avant,
place aux candidates !
On les applaudit bien fort.
C'est madame Sara qui commence.
Elle a gagné...
Moa Zidong – Quoi ?
Déjà !
Chai moa qui dois gagner !
Monsieur Cyryl – Attendez,
madame Sara
a juste gagné le chifumi entre vous
pour savoir
qui parle la première.
Les votes n'ont pas commencé.
Maître Froussard est là
Pour assurer que la triche n'existe pas.
On l'applaudit bien fort !
Sara – Vous savez madame,
De temps en temps,
il faut vivre devant un miroir.
Adolphe se prend en selfi.
Je suis une femme libre contre un tyran.
J'ose le dire.
Si chaque homme avait charge d'un tyran,
qu'il tiendrait sous son regard,
on arriverait à une sorte d'équilibre.
Il suffirait de le contredire,
de le raisonner,
quelquefois de se moquer

tout en faisant jouer
la puissante amitié humaine.
Je connais le prix de l'ordre.
Tous ceux qui aiment le pouvoir,
même en imaginant seulement,
se serrent alors en phalange.
Les hommes libres
sont eux aussi en rang
Car, les hommes libres,
extrêmes mis à part,
savent le prix de l'ordre.
Je sais bien madame,
que les tyrans
sont naturellement au sommet
et que toute manoeuvre à plusieurs
veut un chef ;
Et ce chef est absolu.
Vous madame,
vous serez le gouvernement du pire.
Tenez,
vous me faites penser au frelon.
Moa Zidong – Quoi quoi quoi ?
Mais vous délirez !
Sara – Ne m'interrompez pas.
J'ai le temps de parole
Et vous ne m'empêcherez pas de parler.
Moa Zidong secoue la tête.
Sara – Le monde à la tête démise
Et cloche des deux pieds.
Je veux le remettre à l'endroit.
Sans la beauté et l'honneur,
que deviendrait le monde ?

Un vrai taudis.
Qu'on déroule notre drapeau,
emblème encore un peu respectée
et même si je suis un peu guerrière,
répétons avec fierté :
Liberté chérie.
La tyrannie,
c'est le pouvoir exercé dans une ruche
par le grand frelon.
Vous êtes ce frelon au féminin.
Un animal bruyant,
gourmand,
paresseux,
qui rassemble autour de lui
un magma de bestioles vulgaires et sans talent.
Moa Zidong secoue la tête.
Sara – Vous savez,
parmi les bêtes
qui composent la ménagerie
de nos vices,
il en est un
plus laid,
plus méchant,
plus immonde !
C'est l'ennui.
Vous êtes un animal de basse-cour
si bien domestiqué
que vous n'osez franchir aucune palissade.
Adolphe se prend en selfie.
Vous n'aimez pas le vertige.
Enivrez vous !
Nos galons,

madame,
n'ont pas de papier.
Moa Zidong – Chui closto !
Et puis achez !
Elle cause,
elle cause,
et tout le public dort.
 Moa Zidong rigole
Sara reste imperturbable.
Sara – Le rire madame,
Vient de l'idée
de sa propre supériorité.
Idée satanique.
L'idée des fous.
Je ne connais guère de fous humbles
N'est-ce-pas ?
Nous savons au demeurant
Comment ils rient.
Moa Zidong – Ché pas.
Vous pouvez répéter la question ?
Se tourne vers le public.
J'dis oui ou non ?
Le public – Oui
Sara – Portons un toast à notre liberté.
Vous êtes celle qui dans son ciel,
rit au bruit des clous.
Vous êtes une femme mortellement blessée
par le croc empoisonné de la bête
qui a provoqué en vous,
l'éclipse de soleil.
Le monde va finir avec vous.
Je ne veux pas marcher

au travers de ruines
de notre civilisation.
Je veux trouver notre pâture,
le stylo à la main.
C'est un devoir.
Nous ne périrons pas par où nous avons cru vivre.
Temps d'arrêt.
Perdu dans ce vilain monde,
je date ma colère
et,
si je puis me permettre,
vous êtes
Madame,
tel un écho vide dans l'immensité virtuelle.
L'influenceuse,
dans sa quête de visibilité,
révèle parfois,
la vacuité de la sagesse,
égarée dans le tumulte
de la superficialité.
Moa Zidong – Rien compris.
Allez,
Champagne pour tout le monde !
J'ai gagné les amis.
Hein ?
Pas vrai ?
Se tourne vers l'animateur.
Tapez 1 pour Moa.
L'autre,
on s'en fout.
Monsieur Cyryl – Continuez à appeler.
Comme ça,

e m'en mets plein les poches.
Tapez 1 pour Moa Zidong
et 2 pour l'autre.
J'adore mon métier.
Temps d'arrêt.
Vous avez vu comment Moa,
Elle l'a défoncé la Sara !
T'es la meilleure !
Sara – Je peux dire quelque chose ?
Monsieur Cyryl – Oui,
Bien sûr.
Sara se racle la gorge et boit un verre d'eau.
Sara – Merci.
Je suis une femme digne et,
je ne vais pas entrer
dans la polémique stérile
d'attaque gratuite
de la part de tous et toutes.
Vous savez
monsieur Cyryl,
dans l'ombre de l'esprit,
la bêtise se cache,
tissant des fils sournois.
Elle ignore la sagesse,
danse dans l'absurde
et tisse des mensonges
distillant la discorde.
Moa Zidong – Arrête !
Sara – Je sais que cela vous dérange
Madame Zidong
Mais,
je continue.

La bêtise brise les ponts,
éteint la lumière...
Moa Zidong – Jour,
Nuit !
J'adore !
C'est l'heure de se coucher
Sara !
Sara – Laissez-moi finir.
Cela ne sera pas long.
La bêtise se nourrit de l'ignorance,
source première.
La raison l'éclipse.
laisse place à l'erreur,
la bêtise humaine ,
un funeste malheur,
voile les esprits,
aveugle le coeur,
se rit de la vérité,
propage les leurres
et malgré son emprise,
l'humanité espère
que la lucidité triomphera
et que s'éveillera
la clairvoyance sincère.
Monsieur Cyryl coupe Sara.
Monsieur Cyryl – Un instant les loutres.
On me dit dans l'oreillette,
que les votes sont terminés.
La réponse après la pub.

Émoi émoi 2 – « André, le chausseur sachant chausser »
« Champomy, sans alcool, la fête est plus folle »

« Axe, plus t'en met, plus t'en as »

« Tropico, quand c'est trop, c'est Tropico ! »

Monsieur Cyryl – Tous ensemble,

Nous allons faire le décompte !

Moa Zidong – Quoi ?

Monsieur Cyryl – 5,4,3,2,1... Et voilà, le peuple a décidé.

Notre présidente est ?...

Envoyez encore la pub !

Le résultat viendra.

Émoi émoi 2 – « Danette- Tout le monde se lève pour Danette ! »

« Durex – love sex Durexs »

Monsieur Cyryl – Maître Froussard

me dit qu'il y a match entre les deux candidates.

La pub avant qu'on sache.

Émoi émoi 2 – « Entremont, c'est entremont bon ! »

« Fanta, plus c'est Fanta, moins c'est sérieux ! »

Monsieur Cyryl – Si vous nous rejoignez maintenant,

Bienvenue à « On s'en fout de vous ! »

Le programme qui rend fou.

J'ai le résultat.

Nous allons savoir qui de madame Moa Zidong

Ou de madame Sara Bielsko

Devient notre présidente.

J'ai le résultat.

Roulement de tambours.

C'est chaud les amis.

J'me lance !

Roulement de tambours.

Madame Moa Zidong est élue !

Avec je ne sais combien de pourcentage !

Aucune importance.

Bravo madame Zidong.

Monsieur Cyryl s'incline.

Je vous rappelle qu'il y a un tirage au sort pour le poste de premier ministre.

Maître Froussard,

veuillez tourner la roue.

Roulement de tambours.

Le numéro est ...

Le cent !

Un homme dans le public se lève.

Émoi émoi 1 – C'est moi !

Émoi emoi 1 parce que j'ai un jumeau.

Eh ! Je suis premier ministre !

C'est cool !

Monsieur Cyryl – Eh bien monsieur Émoi !

Félicitations.

Émoi émoi 1 – Émoi émoi 1 !

C'est pas compliqué non ?

Monsieur Cyryl – Les résultats sont clos.

Vous pouvez reprendre votre activité.

Une réaction madame Bielsko ?

Sara se tourne vers Moa Zidong.

Sara – Je dois avouer que je suis

un peu perplexe quant à votre accession

à la tête de l'État.

Le peuple a décidé,

j'en prends acte.

Moa Zidong – Oh mais,

Ne vous inquiétez pas.

Je chuis ichi

pour tout révoluchioner !

Sara – Vous êtes superficielle Madame.

Moa Zidong – Attention,
vous parlez à la présidente !
Et j'ai mon style !
Sara – En effet,
Vous savez,
il faut voir au-delà des apparences.
Moa Zidong – J'ai un super plan
#FashionResponsable.
Sara – La mode,
l'éthique sont importantes.
Moa Zidong – Mais j'ai pas de chien moi !
Sara – La gouvernance d'un pays exige une compréhension profonde des enjeux sociaux et politiques.
Pour citer Éluard,
qui est pour vous un extra-terrestre,
« il y a d'autres mondes,
mais il sont dans celui-ci. »
Moa Zidong – Rien compris !
Cha me rappelle mes voyages dans le monde entier :
Je vais faire des stories géniales :
#ExplorerpourChanger
Sara – Madame,
Je crains que nous ne parlions pas le même langage.
Vous parlez de voyage et pour moi,
la terre est bleue comme une orange.
Moa Zidong – Ah bon !
C'est pas beau quand l'orange se mélange avec le bleu !
Beurk !
Sara – Le rose ?

Moa Zidong – #VivreEnCouleur oui !
nous allons les rééduquer :
Pour le tout venant, des zoos et pour les insoumis,
il va y avoir des immeubles chpéciaux.
Sara – Je crains...
Encore une fois,
que nos chemins ne se croisent plus.
Au revoir madame la présidente.
Temps d'arrêt.
Pardons,
qu'est ce que vous venez de dire ?
Moa Zidong – De toute fachon,
tu ne comprends rien.
T'es un rat dans un labyrinthe.
Pas de réaction de Sara.
Monsieur Cyryl – Bien,
Après cet échange imprévu,
vous pouvez reprendre vos habitudes.
Envoyez la pub !
Émoi émoi 2 – « BNP : pour parler franchement, votre argent m'intéresse ! »
« DOP : ne pique pas les yeux, évite les noeuds - DOP ! »

7
La vie démocratique

Un vigile dans le public tout en blanc.
Le vigile – Quelque part en France.
Quinze jours se sont écoulés.
Une journée normale pour le conseil des ministres qui est désormais dématérialisé.
Et dure un quart d'heure.
L'attention des protagonistes est minimale.
Pour proposer un projet de loi,
Une vidéo sponsorisée est réalisée.
Moa Zidong – Mes chers collègues,
Tout le monde est là ?
Il y a pas mal de fauteuils vides.
Cheu pas grave.
Ils doivent être à la buvette
ou au lit.
Nous commenchons !
Un brouhaha monte crescendo.
Émoi émoi 1 – C'est quoi l'ordre du jour Présidente Kévina ?
Moa Zidong – Présidente !
Aucune idée.
Quelqu'un chait ?
J'ai oublié...
Quelqu'un veut un bon café ?
Émoi émoi 2 – « Si tu veux un bon café,
Trouve d'abord une belle banane !
On y va Pédro ? »
Moa Zidong – Ah non !
Moi chait Honolulu mon pscheudo !
Un ministre – Je sais,

si on parlait de la cantine et des menus !

Moa Zidong – Encore !

Nous en avons déjà dichcuté la semaine dernière.

Émoi émoi 1 – Qu'est ce qu'on mange ?

Pas du poulet j'espère.

J'en peux plus du poulet frites.

En plus c'est pas bon.

C'est pas du Bio.

Émoi émoi 2 – « Sans alcool, la fête est plus folle. »

Moa Zidong – Je vous dit que le poulet est Bio.

Chait mon frère qui les fait.

Un ministre – Je sais !

Si on parlait des vacances !

Tout le monde est d'accord sur ce sujet ?

Dites oui !

Moa Zidong – Exchellent choix.

Vous voulez encore des jours ?

Parafait.

Nous allons voter.

Émoi émoi 1 – C'est quel bouton ?

Le vert ou le rouge ?

Moa Ziding – Le rouge, le vert...

Aucune importanche.

De toute fachon, tout le monde

est d'accord pour rajouter dix jours.

Émoi émoi 1 – Seulement Dix jours !

J'fais grève !

Pas d'accord.

Moa Zidong – Vote adopté !

Fin de chéance.

Chui fatiguée.

On se revoit dans un mois.

Bonne vacances !
Émoi émoi 2 – Mais non,
On reprend plus tard !
Un ministre – On revient quand on veut.
De toute façon.
Je ne sais plus le numéro de la loi
Mais,
je sais que j'ai raison.
Moa Zidong – Oh les amis !
J'ai une idée !
Chi on allait voir les fous
au zoo
avant de partir en vacances ?
Tous – Oh oui présidente !
C'est une bonne idée.
Émoi émoi 1 – J'aime bien regarder ces gens.
Émoi émoi 2 – Moi, ce sont les scribouillards !
Je ne sais pas comment ils arrivent à écrire autant de mots ensemble.
Bip bip !
Moa Zidong – Che ne comprend jamais leurs machins.
Bon,
On y va ?
Prêt pour l'aventure ?
Émoi émoi 2 – « Mais qu'est-ce que tu bois doudou dit-donc ? »
Un ministre – C'est encore loin ?
Moa Zidong – Non, regarde !
Ils sont là,
assis comme des cons.
Un ministre – J'adore quand ils tapent leur doigts
sur le truc avec plein de boutons.
Il s'adresse à Émoi émoi 2.

C'est beau !

Ça s'appelle comment ?

Un intellectuel – Une machine à écrire.

Émoi émoi 2 – « Oh qu'il est beau, le linge bouilli avec Omo ! »

Un intellectuel – Dans le royaume lugubre

de la mélancolie,

les veines battent en mesure

d'une triste symphonie.

Tel le chevalier Lancelot,

l'âme chagrinée,

la tristesse s'invite,

cruelle et désenchantée.

Moa Zidong – Tais toi !

Ça veut rien dire !

Émoi émoi 1 – Il me semble,

Que c'est une machine à écrire !

Moa Zidong – Il me chemble aussi.

Ché pas faux.

Allez,

chirculez,

y a rien à voir !

Che chont des dégénérés.

On dirait des robots.

Qu'estchequ'ils ont l'air pfoua !

Temps d'arrêt.

Oh !

Un footballeur !

Qu'il est beau !

Émoi émoi 1 – Oh !

Comment il fait ça

Avec ses pieds ?

C'est de la magie !

Qu'est-ce qui dit ?
Un ministre – Tu es sourd ?
Moa Zidong – Ché pas.
Il parle de 4-4-2,
De pistons,
de roulette...
Un ministre – Les enfants,
vous savez
que c'est grâce à moi
que le terrain est plus petit
et que les cages sont plus grande !
Je comprends mieux le foot
maintenant.
Les autres – ah oui...
On a soif !
Émoi émoi 2 – le vin, c'est la France !
L'eau, c'est la souffrance.
Émoi émoi 1 – Le vin, c'est pourri,
Ça pique la gorge
et après,
je suis malade.
Ça fait des « gloubgloup » là,
dans le ventre.
Un ministre – Eh, les amis
vous savez !
Tous – Quoi encore !
Un ministre – c'est moi aussi
qui ai changé les règles.
Tout est possible.
Chacun se met,
à la place qu'il veut.
Les arbitres sont en tribune

avec les supporters.
Le match dure quinze minutes,
et les joueurs peuvent entrer
et sortir quand ils veulent !
Émoi émoi 2 – Pas glop !
Pas glop mon frère !
Émoi émoi 1 - Il n'est jamais trop tard pour rien faire.
Moa Zidong – Bon chai fini,
On a assez vu ces cons.
On rentre.
Émoi émoi 2 – « Cachou Lajaunie, Lajaunie Ah ah »

8
Quelques jours après le séisme

Intérieur d'un appartement avec une vitre ouverte. Un vigile habillé de blanc est assis sur un fauteuil.

Jean – Je ne peux pas croire que ce machin soit présidente !
C'est une insulte pour notre nation.
S'il nous faut mourir,
autant que cela soit
avec panache.
N'est-ce pas ?
La garde meurt
mais ne se rend pas.
Temps d'*arrêt.*
Hier encore,
j'avais vingt ans...

Ils nous ont refait
la nuit des longs couteaux
ces cons.
Ils ne respectent même plus les livres !
Sara – C'est vraiment décourageant.
On dirait qu'elle ne sait même pas
Ce qu'est la politique étrangère,
encore moins,
les enjeux économiques.
Temps d'arrêt.
Les amis,
si on créait
des librairies éphémères, clandestines !
Charles – Nous savons que la culture est en crise.
Mais,
tu ne peux pas comparer
cela
à une guerre réelle.
Les gens ont d'autres priorités,
c'est tout.
C'est un affront à tout le travail
que nous avons fait
pour promouvoir
l'éducation
et la critique.
Comment peut-elle diriger un pays !
Créons une radio libre,
un front de libération de l'intellectuel.
Arthur mime une personne marchant avec des chaînes aux pieds.
Jean – Moa Zidong ne comprend rien à la diplomatie.
Un pois-chiche en robe rose.
Tu es une grande optimiste Sara,

tu sais bien que nous devons agir.
Quant à toi,
Charles,
l'idée n'est pas mauvaise
mais,
comment s'y prendre.
Jean se dirige vers la fenêtre et regarde dehors.
Les mots perdent leur pouvoir,
les images sont bannies.
 La beauté est sacrifiée
sur l'autel de la rentabilité.
C'est une guerre silencieuse.
Temps d'arrêt.
Créons une radio libre,
pourquoi pas...
Nous avons des contacts.
Par contre,
j'adhère à fond pour le F.L.I. !
Sara – Nous, les médias,
avons notre part de responsabilité.
Les clics et les likes
dictent nos choix éditoriaux,
laissant
peu de place à la nuance.
Peut-être avons-nous
oublié
la véritable essence
de la culture.
J'ai bien peur
que les fougueux
pseudo-nationalistes
abreuvés de bêtise,

fondent
sur nous,
sans réfléchir.
J'adorerais rire d'eux,
de leurs discours,
de leurs articles,
de leurs posts Instagram
sans queue ni tête.
J'espère que l'on verra en eux,
des capitaines sans troupes,
sinon,
la masse
va nous submerger
et nos alexandrins
ne pourront
rien contre le néant.
Vive le F.L .I. !
Jean – les mots ont perdu leur pouvoir.
Les images
ont été bannies
et la beauté
a été sacrifiée
sur l'autel de la rentabilité.
C'est une guerre silencieuse,
mais,
tout aussi dévastatrice.
Charles – Si cette guerre est la vraie vie,
s'il faut s'y préparer,
si c'est seulement dans la guerre
que l'ordre humain
de plus en plus d'artistes sont ignorés,
méprisés,

écrasés
sous le poids des distractions superficielles.
L'homme est un phénomène,
un objet offrant quelque chose de surprenant,
un être remarquable
par ses dons enfin,
quand ceux-ci sont utilisés avec force
et vérité.
Dès ses premiers pas,
l'homme,
toujours lui,
s'est révélé être
un redoutable agent
de destruction
et de déséquilibre.
Aujourd'hui,
il est une menace
pour lui même.
C 'est sans doute pour cela
que les tigrams
tentent un coup de force sur nous.
L'action
est notre unique mission.
Pour moi,
ce sont tous
des terroristes
et je pèse mes mots !
Un deuxième vigile vient s'asseoir. Il est tout en noir.
Jean – Tu as raison Charles.
Le poème est devenu
un écho lointain,
étouffé

par le bruit incessant du vide.
Nos rêves
sont devenus des cendres,
dispersées par le vent
de l'ignorance.
Sara improvise une chanson slamée.
(*couplet 1*) Les pages blanches pleurent.
Les stylos abandonnés,
Les poètes cherchent en vain,
L'inspiration égarée.
Les métaphores se fanent,
Comme des fleurs sans soleil,
La poésie s'efface,
Dans un monde sans éveil.

(*refrain*) Dans l'ombre des mots,
La poésie s'éteint,
Les rimes se perdent,
Le silence s'installe en vain.
Les vers autrefois chantés,
S'évanouissent doucement,
C'est la fin de la poésie,
Un adieu déchirant.

(*couplet 2*) Les strophes se brisent,
Les sonnets se taisent,
Les échos des vers,
Dans l'oubli se balancent.
Les rêves en alexandrins,
S'évaporent dans l'air,
La poésie s'effondre,
Laissant un désert amer.

(*refrain*) Dans l'ombre des mots,
La poésie s'éteint,
Les rimes se perdent,
Le silence s'installe en vain.
Les vers autrefois chantés,
S'évanouissent doucement,
C'est la fin de la poésie,
Un adieu déchirant.

(*couplet 3*) Mais peut-être,
Dans la nuit,
Une étoile survivra,
Un poète solitaire,
Sa plume rallumera.
Dans le noir profond,
Une lueur surgira,
La poésie renaîtra ;
Comme un phénix sans fin.

(*refrain*) Dans l'ombre des mots,
La poésie s'éteint,
Les rimes se perdent,
Le silence s'installe en vain.
Les vers autrefois chantés,
S'évanouissent doucement,
C'est la fin de la poésie, un adieu déchirant.

(*couplet 4*) Mais dans le coeur des âmes,
Un espoir persiste,
Que la poésie revienne,
Et que ses mots subsistent.

car, même à la fin,
Dans la mémoire du temps,
La poésie demeure,
Éternellement.
Temps d'arrêt.
Charles – la masse laborieuse
semble prospérer
comme une plante sans besoin de soleil.
C'est comme si l'ombre de Mao,
planait encore.
Un troisième vigile s'assied. Il est tout en blanc.
Sara – Transformant l'innovation
en un concept aussi étrange
que la coiffure de Donald Trump le matin.
Premier vigile – Veste en moins.
Premier vigile – La société moderne offre
une multitude de distractions.
Deuxième vigile avec chaussures en moins, mais avec la veste.
Deuxième vigile – C'est comme si Mao
avait laissé derrière lui
une recette secrète
pour produire
une génération de clones
de l'indifférence.
Troisième vigile avec chaussures et veste. Un parapluie sur l'épaule.
Troisième vigile – Bien sûr,
pouvons argumenter
que la vie
était plus simple
à son époque,
avec ses uniformes simplistes

et ses slogans
d'un autre monde.
Premier vigile – Peut être que
la masse laborieuse actuelle,
se sent perdue
dans le labyrinthe
des choix
et des informations.
Deuxième vigile – Ils sont comme des hamsters
sur une roue,
se démenant
sans vraiment
comprendre
où cela
les mène.
Premier vigile – Pourtant,
il y a
quelque chose
de fascinant
dans cette incapacité
à se questionner.
Deuxième vigile – C'est presque
Comme une performance artistique.
Troisième vigile – Un ballet absurde,
où la connaissance,
n'est qu'une toile de fond,
pour l'ignorance triomphante.
Premier vigile – L'époque de Mao
avait ses grandes marches,
et aujourd'hui,
nous avons
nos grandes ruées

vers les fast-food
et les centres commerciaux.
Sara – Tu es nostalgique ?
Charles – Non pas vraiment,
Juste lucide.
Troisième vigile – Peut-être que la vraie révolution,
serait de faire
de la connaissance,
une tendance à la mode.
Deuxième vigile – Quelque chose de plus cool
que les dernières chaussures
ou la très attendue série télé.
Premier vigile – Imaginez un monde,
où les discutions censées,
remplaceraient
les potins des célébrités.
Deuxième vigile – Où la quête du savoir,
Serait aussi gratifiante
que de gagner au Loto.
Troisième vigile – Mais en attendant,
La masse laborieuse
continue de s'épanouir.
Premier vigile – Créant un monde,
où la réflexion profonde
est aussi rare
qu'un selfi sans filtre.
Deuxième vigile – Après tout,
Il vaut mieux rire de notre propre absurdité
que de pleurer devant la télé-réalité.
Temps d'arrêt.
Charles – Si on apprenait par coeur nos livres fétiches,
pour ensuite les enterrer dans un endroit connu de nous seuls.

Jean – Je te suis.
Sara – Également.
Arthur fait le signe « ok » du plongeur.
Charles – Vous connaissez ma curiosité légendaire !
Vous avez une idée du livre ?
Jean – Bien sûr, c'est évident !
Charles – On peut se le dire alors !
Pas de secrets entre nous.
Sara – Sans hésitation,
c'est « Cyrano » pour moi.
Jean. Je ne vois que « Lettre d'une inconnue »
Arthur – *Écrit sur un bout de papier et dessine.*
« Le petit Prince ».
Charles – « La légende des Siècles » du grand Victor assurément.
Quelqu'un dans le public – À   partir de cet instant,
 nos héros deviennent des bibliothèques humain.

9
Jour de répression

Bruit de sirène de police.
Un vigile dans le public – Veste blanche et pantalon rouge.
Le vigile – Paris est toujours sous la neige.
Les quais de Seine sont bloqués.
Par un barrage filtrant.
Les hommes portent
Tous un pull rouge
Et un bonnet noir
Avec de grandes oreilles.

Toute ressemblance
Avec une souris animée est volontaire.
Émoi émoi 1 à Jean.
Émoi émoi 1 – Toi là !
Reste là !
Pourquoi tu portes pas un pull rouge ?
C'est obligatoire !
Jean – Cette couleur de pull
me rappelle de drôles de souvenirs...
Pas vous ?
Émoi émoi 1 – Pas vraiment.
T'aime pas le rouge ?
C'est ma couleur préférée !
Émoi émoi 2 - « Red c'est vert ! »
Charles – Depuis quand ?
Je ne vous connais pas.
Émoi émoi 1 – C'est pas à vous q'je cause !
Vous êtes ensemble ?
Jean – Oui, cela vous dérange ?
Charles – C'est le rouge de la barbarie aussi,
Mais,
cela vous dépasse...
Chuchotte.
Crétins !
Sara – Laisse tomber la neige Charles,
ces hommes sont des vivantes marionnettes.
Jean – Non Sara,
La créature est bien réelle !
Elle dort,
elle a nos sens humains.
Sara – Je n'en suis pas sûre.
Tu es bien sensible.

S'adresse aux pull-over rouge.
Marche en tête monstre,
nous te suivrons !
ou pas !
Doucement.
Ce labyrinthe est sans issue.
Où les chemins tantôt vont droit,
tantôt tournent sur eux mêmes.
C'est dingue !
Puis s'adresse à Jean.
Regarde Arthur !
Il va droit dans le mur des sauvages.
C'est une embuscade anti clown
et il n'a rien vu venir !
Émoi émoi 2 à Émoi émoi 1.
Émoi émoi 2 – Viens à la maison
Ya des oiseaux qui chanteu !
Regarde comme il est beau cuilà !
Il montre Arthur.
Jean – C'est toujours la même nature.
Même tableau riant et frais.
Même ruisselet qui murmure aux brins d'herbe,
de doux secrets.
le vieux château toujours se dore
aux premiers rayons
de l'aurore.
Mais où sont mes jeunes amours ?
Charles – Tu nous fais de la prose !
Jean – C'est ma façon à moi de résister.
Les vallons, la forêt obscure,
ont conservé tous leurs attraits.
et sur les monts,

dans la verdure,
fument toujours les grands chalets.
l'antique clocher du village,
est un peu plus noirci par l'âge.
Mais pourtant,
il tinte toujours.
mais où sont mes jeunes amours.
Charles – Surveille le !
Arthur remonte l'horloge du temps.
Patience, elle va sonner.
Arthur – Gestuelle de l'incompréhension.
Charles – Va-t-en ! Vite !
Arthur – Gestuelle de l'incompréhension.
Charles – Ils viennent vers toi !
Arthur – Gestuelle de « tout va bien »
Charles s'énerve et se fige.
Charles –Trop tard....
Les lèvres de Jean bougent mais aucun son ne sortent de sa bouche.
Jean – Arthur !
Sara pleure en silence.
Charles – Il est toujours dans la lune.
Sa poésie le perdra.
Depuis trente ans, il vit dans sa bulle.
Elle est belle.
Elle a un rêve un peu spécial...
S'envoler, c'est pas banal.
A nous,
amis,
a nous la vie !
A nous l'amour et l'harmonie.
A nous les biens des cieux !

A d'autres les soucis du monde.
J'ai froid les amis.
La ligne droite libre, n'arrive jamais à s'équilibrer
entre le chaud et le froid.
Toi aussi, Sara,
tu frissonnes.
Et toi, Jean,
ton visage est figé d'angoisse.
Temps d'arrêt.
Faisons une promesse.
Arthur nous reviendra.
Quel que soit le prix de sa liberté !
Sara – Tendons vers le bleu et jaune,
symbole de ligne droite libre !
Jean – Ne soyons ni horizontal,
Ni vertical car,
je n'aime
ni le noir,
ni le blanc.

10
Construction

Adolphe – *Parle sur une estrade devant des centaines de prisonniers assis par terre.*
Aujourd'hui, est un grand jour !
C'est avec une immense joie
que je vous invite
à vous mettre à genoux
devant Moa Zidong.

Tout de suite !
Il se prend en selfie.
Aujourd'hui,
enfin,
après quelques mois de construction,
la plus grande prison
a été construite.
Nous nous sommes inspirés
des usines à cochons chinoise.
Cet établissement fait 26 étages.
Je crois...
C'est ça chef ?
Il peut accueillir 650.000 détenus.
C'est ça chef ?
Une structure
qui en appelle d'autres dans le pays ?
Cet immeuble a six ascenseurs.
C'est ça chef ?
Il est également équipé
D'un système permettant de surveiller en temps réel,
le niveau de ventilation,
d'humidité,
mais aussi de veiller
aux 30.000 points d'alimentation.
C'est génial !
Il se prend en selfie.
Nous sommes fiers
d'avoir dépensé,
près de 580 millions d'euros
c'est ça chef ?
Enfermés dans de minuscules stalles en métal,
entièrement automatisées,

les prisonniers sont transportés
dans la tour,
grâce à de gigantesque ascenseurs
d'une capacité de 40 tonnes,
sans que leurs pieds ne touchent jamais terre !
À l'intérieur,
des cellules,
tout est automatisé :
de l'alimentation scientifique
des captifs,
jusqu'au nettoyage de leur box,
en passant
par les prise de leur température.
Les cons pourront se promener
dans les couloirs du bâtiment ;
Mais,
ils ne verront jamais le jour.
Temps d'arrêt.
J'adore cette ambiance grunge et décadente !
Il se prend en selfie.
L'un des objectif,
de cet « hôtel »,
est de ne pas laisser un quelconque virus,
contaminer les détenus.
J'ai pas envie
d'avoir des cotons tige géant
dans mes narines,
toutes les cinq minutes.
Il se prend en selfie.
Nous allons développer ces immeubles dans le pays.
Oui mes amis !
Quatre autres tours sont prévues,

avec une capacité totale d'accueil,
de plus de trois millions de bannis.
C'est ça chef ?
Nous avons réussit la première étape.
de la destruction des élites.
Nous allons
comme cela s'est déjà fait,
arrêter sans discussion possible,
ces traîtres
et les entasser
comme des vaches,
dans de trains spéciaux.
direction
« les hôtels » !
Tel est leur destin.
Il tape son poing sur sa poitrine trois fois tout en se prenant en vidéo live.
Laissez place au chef !
Ne le regardez pas dans les yeux !
Vous pourriez le contaminer.
Ne bougez pas non plus !
Le seul frémissement de votre peau
peut vous envoyer en enfer !
Nous sommes les maîtres du monde !
Il se prend en selfie.
Moa Zidong passe l'immeuble en revue.
Adolphe – Président !
Moa Zidong – Non, présidente !
Chaé moi doudou Zidong !
Ché pas compliqué.
Che suis prête.
Chaexion !

Garde à vous !
Alleche alleche,
Plus vite que cha.
Mettez moi cha dans les trucs qui montent tout en haut.
J'adore quand cha va vite et que j'ai le coeur qui sort de moi.
Ché moi la présidente de nous !
Allez, allez,
enfermez moi cha !
Vive Moa !
Les prisonniers sont obligés de répéter.
Les prisonniers – Vive Moa
Moa Zidong – Encore !
Les prisonniers – Vive Moa !
Moa Zidong – Encore !
Les prisonniers – Vive Moa !
Moa Zidong – Merchi !
Maintenant,
Montez !

11
Résistance

Quelqu'un dans le public avec un costume de squelette - Nos trois compères rentrent la tête basse. Ils n'ont rien pu faire contre l'acharnement de certains à l'incarcération de la poésie.
Charles – *Temps d'arrêt.*
Ce qu'on a fait ne sert à rien.
Il faut reconstruire l'humanité à partir des enfants.
Ce sont eux qui sont à sauver.
La télé-réalité n'est pas une fin en soi.

L'évasion par la lecture peut-être leur salut.

Plutôt que d'enterrer les livres et de les avoir dans un coin de notre tête, il faut les transmettre.

Éveiller les enfants par l'imagination et la couleur des mots.

Jean – Oui ma chère Sara.

Chacun de nous sait que l'imagination a fait plus de découverte que les yeux...

Charles – Notre opération pourrait avoir un sloggan fort ;
je pense à :

« Nom de code humanity »

Cela vous convient ?

Tous – Parfait !

Sara – Je n'aurais pas choisi mieux.

Sara commence à murmurer :

ACTE III - Scène VII,

«Laissez un peu que l'on profite de cette occasion qui s'offre…

De pouvoir se parler doucement, sans se voir.

Sans se voir ?

Mais oui,

c'est adorable.

On se devine à peine.

Vous voyez la noirceur d'un long manteau qui traîne,

J'aperçois la blancheur d'une robe d'été.

Moi je ne suis qu'une ombre,

et vous qu'une clarté !

Laissons,

d'un seul regard de ses astres,

le ciel nous désarmer de tout notre artificiel.

Je crains tant que parmi notre alchimie exquise

Le vrai du sentiment ne se volatilise,

Que l'âme ne se vide à ces passe-temps vains,

Et que le fin du fin ne soit la fin des fins !

- MAIS L'ESPRIT ?
JE LE HAIS DANS L'AMOUR !

Jean. « De retour à Vienne,
tôt dans la matinée,
après trois jours revigorants passés à la montagne,
le célèbre romancier R. n'eut qu'à survoler la date du journal qu'il venait d'acheter
à la gare pour se rappeler que c'était aujourd'hui son anniversaire.
Son quarante-et-unième anniversaire,
eut-il vite fait de calculer,
et cela ne lui fit ni chaud ni froid.
Il feuilleta distraitement le journal,
dont les pages crépitaient sous ses doigts,
et prit un taxi pour regagner son appartement.
En son absence,
R. avait reçu deux visites et quelques appels téléphoniques.
Son domestique le mit au fait et lui apporta sur un plateau le courrier des trois derniers jours.
R. examina tranquillement le paquet,
déchira quelques enveloppes,
celles dont les expéditeurs l'intéressaient ;
il mit d'emblée de côté une lettre portant une écriture qu'il ne connaissait pas,
et qui lui paraissait bien volumineuse.
Le thé était servi ;
il se cala confortablement dans son fauteuil,
feuilleta une dernière fois le journal et quelques prospectus ; puis il alluma un cigare et attrapa la lettre qu'il avait réservée.
Progressivement, sur l'écran blanc, des mots et des dessins s'animent. Les mots de Saint-Exupery prennent vie. Dès que la rose est partie, Charles se positionne comme le penseur de Rodin puis commence à se mettre droit et se lève.

Charles – « Booz s'était couché de fatigue accablé ;
Il avait tout le jour travaillé dans son aire ;
Puis avait fait son lit à sa place ordinaire ;
Booz dormait auprès des boisseaux pleins de blé.
Ce vieillard possédait des champs de blés et d'orge ;
Il était,
quoique riche,
à la justice enclin ;
Il n'avait pas de fange en l'eau de son moulin ;
Il n'avait pas d'enfer dans le feu de sa forge.
 Sa barbe était d'argent comme un ruisseau d'avril.
Sa gerbe n'était point avare ni haineuse ;
Quand il voyait passer quelque pauvre glaneuse ;
 « Laissez tomber exprès des épis »
 disait-il.
Cet homme marchait pur loin des sentiers obliques,
Vêtu de probité candide et de lin blanc ;
Et, toujours du côté des pauvres ruisselant,
Ses sacs de grains semblaient des fontaines publiques.
Booz était bon maître et fidèle parent ;
Il était généreux, quoiqu'il fût économe ;
Les femmes regardaient Booz plus qu'un jeune homme,
Car le jeune homme est beau,
mais le vieillard est grand.

12
Nom de code Humanity

Dans un décors de Zoo, Un père à ses deux enfants marchent.
Charles et Sara sont assis au fond de la scène. Ils ne disent rien.
Le père – On est arrivé !
Allez jouer,
c'est un ordre !
Vous d'vez voir par vous-même ces dég'nérés qui font des chôses
étranges.
Att'tion les enfants,
ils sont dang'reux pour vot' cerveau.
Ils sont pô comme nous !
Un vigile dans le public tout en gris.
Le vigile – Antoine : Philosophe , maître des concepts abstrait,
Vic – Historienne passionnée d'histoire et de légendes et
Mathieu , scientifique fasciné par les mystères de l'univers.
Temps d'arrêt.
 Une nouvelle journée commence.
Derrière les grilles du zoo, les intellectuels sont assis sur des
cailloux. Un mur vitré les sépare de l'autre monde. Devant eux,
deux enfants le regard vide s'avancent. Ils sont méfiants. C'est
Antoine qui prend la parole , le ton calme et rassurant. Son
objectif est clair : attirer la curiosité des enfants sans éveiller la
suspicion des gardiens.
Antoine parle avec douceur.
Antoine – Bonjour les enfants.
Vous pouvez vous approcher.
Nous voulons juste vous parler.
Vous ne craignez rien.
Comment vous appelez-vous ?
Nous c'est Vic, Mathieu et Antoine.

Les enfants se regardent inquiets.
L'un d'eux prend la parole.
Lina – Lina *puis montre Tom.*
Tom.
C'est mon père qui nous a ordonné de v'nir voir.
Antoine – Ah oui ?
Pourquoi ?
Lina – C'est not' promenade du dimanche.
Antoine – Nous sommes si différents de vous ?
Lina –pas compris !
Antoine – Tu nous trouves bizarres ?
Les enfants – Oui !
Vous jactez pas comme nous.
Antoine – Vous en être sûrs ?
Lina - Ouais !
Antoine – Vous savez les enfants,
lorsque j'avais votre âge,
je passais des heures à regarder le ciel.
Juste...
À observer.
Et je me demandais :
pourquoi le ciel change de couleur ?
Pourquoi le jour devient nuit ?
Vous êtes vous déjà posé ce genre de questions ?
Les enfants se regardent confus.
Lina avec une voix à peine audible.
Lina – Euh...
Non...
Il est juste là non ?
Vic – C'est vrai,
le ciel est toujours là.
Mais,

chaque chose que vous voyez,

cache un mystère,

une histoire.

Par exemple,

vous savez que les étoiles que vous voyez la nuit,

sont en réalité des morceaux de cailloux souvent bien plus grands
que notre Terre.

Et notre soleil !

Vous imaginez mettre la main dessus ?

Mathieu enchaîne avec enthousiasme.

Mathieu – Un soleil tellement loin que même si vous courrez
toute votre vie,

vous n'arriverez jamais à le toucher.

Et pourtant vous pouvez le voir depuis ici,

ou bien de chez vous comme une simple petite lumière.

C'est fou non ?

La science,

c'est un peu comme un jeu de piste.

Chaque nouvelle question te mène à une autre,

et tu découvres toujours quelque chose de nouveau.

Vic – Et parfois,

quand on ne comprend pas tout de suite,

ce n'est pas grave.

Il suffit de te laisser emporter.

Les enfants – Quoi ?

Vic – Vous savez...

Les mots,

les histoires,

c'est comme des voyages.

On peut fermer les yeux,

et en un instant ,

se retrouver ailleurs.

Vous avez déjà fait cette expérience ?
Les enfants – Pourquoi ?
Trop dur et on a pas l'temps.
Vic – Ce n'est pas possible,
je ne vous crois pas.
Un endroit où tout est possible.
Un monde où vous pouvez être des héros !
Qui sait...
Peut-être que vous avez déjà vécu des aventures sans même vous en rendre compte.
Un silence s'installe. Les enfants sont captivés, comme si un voile d'ignorance commençait à se dissiper.
Lina plus confiante.
Lina – Mais...
Comment on fait pour...
Pour comprendre tout ça ?
C'est pas juste des trucs de grands ?
Vic – Non Lina.
Ce sont des choses que tout le monde peut apprendre.
Il suffit de poser des questions.
Il suffit de regarder le monde,
non pas comme quelque chose d'ennuyeux,
ou de figé,
mais comme un immense livre rempli de mystères,
juste là,
devant vous.
Et si vous êtes prêts à vous poser des questions,
alors vous avez déjà fait le premier pas.
Mathieu – le monde est un immense laboratoire.
Même ici,
dans cet endroit sombre,
il y a des secrets à découvrir.

Regardez les murs, la pierre,
l'eau qui suinte...
Tom – qui quoi ?
Mathieu – l'eau qui sort des murs.
Il y a des questions partout.
Pourquoi la pierre est froide,
pourquoi l'eau coule.
Apprendre,
c'est jouer avec ces questions.
Antoine se penche légèrement vers les enfants comme pour partager un secret.
Antoine – Je vous apprendrai à rêver.
Parce qu'apprendre,
n'est pas seulement pour devenir intelligent.
C'est pour libérer votre esprit.
Là où nous sommes,
les murs sont réels.
Mais dans votre esprit,
vous pouvez voyager,
créer des mondes.
Vous avez cette liberté là
même ici.
Les enfants restent silencieux, fascinés.
Tom lève timidement la main.
Tom – On peut prendre nous ?
Antoine avec un sourire rassurant.
Antoine – Bien sûr.
Chacun de vous
peut devenir
un explorateur d'idées.
C'est ça le secret.
Tout le monde peut apprendre.

Pas besoin d'être un « grand ».
Vous avez juste besoin
de commencer
à poser des questions,
et de ne jamais vous arrêter.
Vic – Imaginez que vous tenez une torche.
Chaque nouvelle chose que vous apprenez,
c'est un peu plus de lumière dans l'obscurité.
Et cette lumière,
elle vous guidera,
où que vous soyez.
Mathieu – Et nous,
nous sommes ici pour vous donner quelques étincelles.
Il vous suffit d'être curieux,
et de ne jamais cesser de vous poser des questions.
C'est tout ce qu'il faut.
Sara chucotte
Sara – Une petite flamme de curiosité commence à naître.
Leurs visages semblent un peu moins ternes,
un peu plus vivants.
Vic sourit doucement en voyant cette lueur naissante.
Vic – Vous voyez...
Même dans les ténèbres,
une petite étincelle peut tout changer.
Charles , plus fort.
Charles – On vous attend demain ?
Tom – Peut-être !
Lina – Oui demain !
L'homme qui était habillé tout de gris traverse de manière aérienne la scène avec désormais, un costume bleu ciel. À la place de ses bras de plumes, de grandes pages ondulent.
Vic – Vous avez toujours en tête et dans le corps,

votre livre les amis ?

Mathieu - Antoine – Oh que oui !

Sara toujours en fond de la scène se tourne vers Charles.

Sara – Écoute nos frères,
ils se souviennent...

Vic – « Il tourna le coin de la maison,
rencontra le garçon nez à nez,
lui arracha le feu des mains et disparut dans le brouillard,
tandis que l'autre hurlait de frayeur.
— Ils sont tout à fait pareils à moi !
 dit Mowgli en soufflant sur le pot de braise,
comme il l'avait vu faire par la femme.
Cette chose mourra si je ne lui donne rien à manger...
Qu'est-ce que la Loi de la Jungle ?
Frappe d'abord,
puis donne de la voix.
À ton insouciance même,
ils voient que tu es un homme.
Mais sois prudent.
J'ai au cœur une certitude :
la première fois que le vieil Akela manquera sa proie —
et chaque jour il a plus de peine à agrafer son chevreuil —
le Clan se tournera contre lui et contre toi.
Ils tiendront une assemblée sur le Rocher,

Charles – Et alors !

Temps d'arrêt.

Vic – Et alors…
J'y suis !
dit Bagheera en se levant d'un bond.
Descends vite aux huttes des hommes dans la vallée,
et prends-y un peu de la Fleur Rouge qu'ils y font pousser ;
ainsi,

le moment venu,
auras-tu un allié plus fort même que moi ou Baloo ou ceux de la tribu qui t'aiment.
Va chercher la Fleur Rouge ! »
Mathieu – « J'ai pas de mulet,
puisque tu me prêtes le tien.
J'ai pas de poules ni de chèvres,
parce que ça ravage tout.
Je porte pas de chaussettes,
parce que ça me fait des chatouilles.
Alors,
une femme,
à quoi elle me servirait .../..
Sara – Oui, je pose la question ?
Mathieu – Et bien voilà :
après avoir beaucoup travaillé ,
je parle du travail de l'esprit,
après avoir longuement médité et philosophé,
je suis arrivé à la conclusion irréfutable que le seul bonheur possible,
C'est d'être un homme de la Nature.
J'ai besoin d'air,
j'ai besoin d'espace
pour que ma pensée se cristallise.
Je ne m'intéresse plus qu'à ce qui est vrai,
sincère,
pur,
large,
en un seul mot,
l'authentique !
et je suis venu ici pour cultiver l'authentique !

J'espère que vous me comprenez ?
Oui,
dit Ugolin.
Évidemment... /..
Et puis,
quand on a commencé d'étrangler le chat,
 il faut le finir. »
Antoine – « Mon enfant, ma soeur,
Songe à la douceur d'aller là-bas vivre ensemble !
Aimer à loisir,
aimer et mourir au pays qui te ressemble !
Les soleils mouillés de ces ciels brouillés pour mon esprit
ont les charmes si mystérieux de tes traîtres yeux,
brillant à travers leurs larmes,
là,
tout n'est qu'ordre et beauté,
luxe,
calme et volupté...
Respiration
Quand la terre est changée en un cachot humide,
ou l'espérance,
comme une chauve-souris s'en va battant les murs de son aile
humide ;
et se cognant la tête à des plafonds pourris;
quand la pluie étalant ses immenses traînées d'une vaste prison
imite les barreaux, et qu'un peuple muet d'infâmes araignées vient
tendre ses filets au fond de nos cerveaux. »

13
Libération ?
Il fait nuit. La lune éclaire comme en plein jour.

Jean – Chacun de nous sait ce qui l'attend.
Une longue marche à la nuit tombée sur plusieurs kilomètres.
Mais passer dans cette forêt a été pour nous une épreuve.
Nous ne sommes pas préparés.
L'odeur est insupportable.
Les racines des végétaux
comme les eaux d'infiltration
ont une action dissolvante
sur la partie résiduelle minérale de l'os.
Débarrassés de leurs muscles par les carnivores,
les insectes ou les bactéries,
ils deviennent vite poreux.
Sara – Voilà ce que nous avons traversé cette nuit de combat !
Charles – En arrivant devant la forteresse,
il a fallu faire attention pour pénétrer dans le building,
sans attirer l'attention des gardes.
D'après nos renseignements,
l'entrée est barrée par une grille immense sans serrure.
Une simple chaîne
munie d'un cadenas XXL
relie les deux battants.
Cet endroit me laisse perplexe.
Jean – Pourquoi ?
Charles – Qu'est-ce qu'il y a de pire pour vous ?
Vivre en monstre ou mourir en homme de bien ?
Le groupe continue d'avancer.
Sara – L'attaque a lieu à 0 heures 30.
Nous avons un code

pour nous reconnaître
dans la nuit noire :
Un mot – Noé
et pour réponse – César.
Si jamais
les terroristes
nous capturent,
nous devons
sans état d'âme,
nous faire sauter la cervelle.
A l'heure prévue,
l'énorme muraille de béton
se tient devant nous.
Comment ne pas éveiller
les soupçons des gardes...
Le silence est tel que l'on perçoit
le langage
très étrange
des sentinelles.
Par un signe bref et direct,
Charles
se dirige vers la grille.
C'est lui qui a l'honneur
d'ouvrir cette prison.
Il coupe d'un geste sûr
la grosse chaîne
tout en la rattrapant
pour éviter
le moindre bruit
suspect.
Avant d'ouvrir la grille,
il faut que Jean s'assure

qu'aucun mécanisme
n'est installé
pour faire rugir l'alarme.
Heureusement,
comme ils sont cons,
il est évident
que rien n'a été prévu
par les terroristes.
C'est un soulagement.
Après une longue apnée,
et des mouvements
dignes d'un paresseux
grimpant dans son arbre
pour aller se nourrir,
les deux battants s'ouvrent.
L'objectif de faire
le minimum de bruit est atteint.
Première victoire.
Le plus dur
reste à faire :
Retrouver nos frères et soeurs
dans ce labyrinthe.
Autre problème,
les ascenseurs.
Encore une fois,
pour éviter le bruit,
on emprunte
les escaliers de secours
situés à l'extérieur.
Liberté ?

Jean – Tu crois qu'il existe des tunnels dans cette forteresse ?

j'entends souvent dire qu'ils servent de cache pour les sacrifices d'enfants !

Sara – Ne me dis pas que tu crois à ces bêtises ?

Jean – Ce mouvement qui nous gouverne,

c'est une sorte de nouvel ordre mondial à l'envers.

Ce ne sont pas les élites qui décident de rayer de la carte le reste du monde

mais...

Sara – Tu as fumé quoi pour dire ça !

Ressaisit-toi !

Tu m'inquiètes là !

Jean – Je réfléchis tout haut.

Sara – Arrête !

Tu as grillé tes neurones mon ami !

Jean – Non ma chère,

j'envisage toutes les possibilités.

Sara – Il y a une limite quand même non ?

Jean – Tout dépend où se situe le curseur.

Charles –Vous avez fini de vous disputer comme des gamins !

Nous devons rester focus sur notre mission.

Pas le moment de divaguer sur une pseudo situation.

Jean – Tout à fait d'accord avec toi mais,

le jeu des joutes est une manière comme une autre pour se motiver.

Charles – Franchement,

vous pensez que c'est le bon timing pour se détendre !

Allons,

un peu de cohésion et de maturité !

Nous n'allons pas commencer à nous disperser

dans des élucubrations étranges.

Revenons à l'instant présent.

Jean – Revenons à la culture avant d'entrer dans ce blaukaus.

Tu es le souffle frais qui caresse nos vies.
L'élan qui brise les chaîne,
éclaircit nos nuits,
précieux don au coeur de l'humanité,
éclatant flambeau,
guide vers la félicité.
Grande respiration.
J'ai 100 ans dans ma tête et mon corps.
Tu danses avec les vents en sursaut,
tu éveilles les consciences d'une note haute.
Où sont les rues grouillantes,
l'effervescence nocturne !
où les âmes errent,
perdues
sans lune ?
Les néons éblouissants
des étoiles profanes,
éclairent les chemins
des ombres inhumaines.
Dans l'océan des temps,
les sentiments flottent
comme des chimères,
brisant les illusions,
confrontant la réalité,
La modernité.
Sara – Si on réfléchit bien,
L'humanité se comporte exactement
comme une ligne qui se courberait
de plus en plus
jusqu'à se mordre la queue.
Une courbe,
dites-moi si je me trompe,

c'est une ligne droite
déviée de son chemin
par une pression latérale continue
pouvant être assimilée
à une foule.
Plus cette pression est grande,
plus la déviation
de la droite, s'accentue.
La tension vers l'extérieur
augmente de plus en plus
et la ligne tend finalement
à se refermer sur elle même.
Vous êtes d'accord ?
Pas de réponse.
La différence intérieure
entre les lignes courbes
et droite,
consiste dans le nombre et la nature
des tensions primitives
définies
qui ne jouent qu'un rôle insignifiant.
Pour la ligne courbe,
dont la tension se situe dans l'arc...
Tension qui est opposée aux deux autres
et qui la domine.
Tout en perdant la force perçante
de l'angle,
elle gagne en force
et en agressivité.
L'angle est un jeune homme irréfléchi,
comparé à l'arc
qui possède une maturité

et une force consciente de lui-même.
Tout cela,
me fait penser,
à la nature humaine.
Étrange,
mais profondément ressenti.
Charles regarde Sara et l'ensemble de ses compagnons.
Charles – Mais il lui manque quelque chose d'essentiel maintenant à cette humanité.
Les odeurs de feuilles,
de fleurs,
d'écorces,
de vers de terre,
d'eau salée,
de foin tout juste coupés, de neige.
Je ne sais plus quel jour on est.
Vous le savez ?
Au public.
C'est triste et effrayant.
Souvient-toi p'tit Charles,
d'un printemps au bord de l'amer
par un vent délicat et froid.
Tu te trouvais bien en chair.
Et cet été où tu goûtais à l'amer !
Soyons franc,
c'est louche.
Mon dieu que c'était acide et mou.
Et puis vint cet automne,
toujours au bord de la mer,
par un vent nerveux et cru,
j'ai aperçu une femme couleur rubis,
intérieur ambre soyeux dépouillé et bleu.

Enfin,
te souviens-tu de cet hiver au bord de la mer,
la charpente tanguait,
le teins était liquoreux,
que le temps paraissait long lorsque l'on était rond,
le cul par terre et la tête à l'envers...
N'est-ce-pas ?
La gloire est peu de chose lorsque l'on est un dieu.
La vie est ainsi faite,
les jours de défaite car,
les jours de victoire,
vous vous laissez happer
par une lame de fond
qui vous fait plonger
par-delà l'éternité.
La vie est ainsi faite mes amis.
Sara – Tu vas nous faire pleurer !
Charles continue.
Charles – Sans plus tarder,
vous devez cueillir le jour présent et,
puisque vous êtes moins confiant en l'avenir.
Rituel matinal ou prière du soir,
déchirez la tour d'ivoire,
censurez les paroles divines,
triez avec rigueur les âmes damnées,
choisissez la rose sucré d'un bonbon acidulé,
goûtez au bref laps de temps,
enfin, profitez dans ce futur incertain
où tout est amené à disparaître.

*Tous restent en demi-cercle, mains dans la main. Ils ne font
qu'un.*

14
Que faudrait-il faire ?

Quelqu'un assis sur scène tout en blanc.

Quelqu'un assis – Pour la première fois, Arthur va parler. Que faudrait-il faire ?

Arthur – « Voilà le plus surprenant dédale où jamais aient erré les hommes !

Il y a dans tout ceci quelque chose au delà de ce qu' a jamais opéré la nature.

Il faut qu'un oracle nous instruise de ce que nous en devons penser ».

Et le vent qui se lève siffle dans mes oreilles l'heure de revenir.

Une dune de sable me permet de voir la mer du Nord.

Nous sommes à marée basse.

Il pleut.

Une mère et ses enfants cherchent des coquillages.

D'autres regardent l'horizon.

D'autres encore osent tremper leurs pieds voire plus dans cette eau froide de mi-avril.

Elle est là bien sûr.

Assise sur le sable,

elle rêve.

Sa robe trempe dans une flaque d'eau,

ses chaussures aux talons interminables dans ses mains.

Ses pieds tracent sur le sol un sillon éphémère.

Tout d'un coup,

la pluie redouble et la plage se vide en un clin d'oeil.

Elle,

elle est restée comme une gargouille,

figée par un magma de sable collant.

Au moment où je suis arrivé à hauteur de souffle,

elle a disparu.

Mes bras ont chassé les mouches.

Je me suis retrouvé étendu de tout mon long,

le nez dans le sable,

les bras en croix.

C'est un ange,

je suis sûr que c'est un ange.

Les giboulées se sont arrêtés comme par enchantement.

Le soleil a pointé le bout de son nez ;

l'astre du bonheur a permit d'assister au spectacle toujours aussi grandiose de l'arc-en-ciel :

toboggan des Dieux.

Que c'est beau un arc-en-ciel.

Dans mes écouteurs,

une musique passe.

C'est merveilleusement raccordé avec la situation.

« où les couleurs de l'arc-en-ciel,

si jolies dans le ciel,

sont aussi sur des visages des passants.

Je vois des amis se serrer la main.

Se dire comment vas-tu ?

En réalité se dire

« je t'aime »

et ensuite,

« imaginez qu'il n'y ait aucun paradis,

c'est facile si vous essayez.

Aucun enfer en dessous de nous,

au-dessus de nous,

seulement le ciel.

Imaginez les gens vivants pour aujourd'hui.

Charles – Tu n'as pas tort l'ami !

mais,

je regarde ce mur blanc devant moi.
*Temps d'arrê*t.
Depuis plusieurs jours,
je me demande ce qu'il y a derrière ce Malévich géant.
Un point ?
Une ligne ?
Un paysage ?
Non,
sur ce mur blanc,
une page vierge s'étend.
Attend le pinceau ou la plume écrivant en traits,
en couleurs ou avec des mots,
l'histoire du coeur,
des rêves,
des échos.
Ce mur blanc,
cette toile où se dessine l'âme,
chaque marque,
une pensée qui s'enflamme,
chaque teinte,
une émotion qui s'épanche,
chaque mot,
une mélodie qui s'arrache.
Ce mur blanc,
c'est l'écran où se projette le passé,
où le présent se crée,
se sculpte un espace,
où tout peut prendre vie,
s'exprimer.
Sur ce mur blanc,
le monde peut s'affronter.
Dans cette enceinte obscure,

le monde se tait,
et seul persiste un cri.
Captive est la vie,
sous un ciel sans lueur sereine.
Les murs épais,
muets, étouffent tout émoi.
Les chaînes invisibles,
serpents de l'isolement,
entravent les espoirs,
asservissent les désirs,
tel un étau cruel,
étouffant chaque battement.
L'enfermement consume,
brûle les lendemains.
Oh geôles implacables,
gardiennes de la détresses,
l'écho des plaintes résonne aux quatre coins et ,
dans cette nuit sans fin,
la liberté en détresse,
cherche vraiment l'aube,
le souffle du destin.
Mais l'âme,
telle une flamme,
persiste à briller,
face aux murs étroits,
elle garde son élan car,
même dans cet enfer,
elle refuse de plier,
espérant voir un jour,
s'ouvrir l'horizon grandissant.
Ainsi, le mur blanc symbole d'une liberté,
accueille l'art,

les rêves,
la créativité.
Toile immense où chacun peut composer son histoire,
son chant,
son humanité et,
tandis que la rue s'éveille,
enfin je crois,
je ne sais plus quel jour nous sommes.
Le sang coule sur ce sol froid et impersonnel de ma chambre vide.
Tel un bourdonnement d'abeilles,
le coeur des hommes fait une halte.
Le sang coule sur mon bras.
 Le marteau-piqueur a encore frappé.
Hommage posthume.
Ce n'est pas hélas le goudron qui rougeoit mais mes mains en sang.
Ce marteau là est couvert d'épines.
Temps d'arrêt.
Tout cela est de leur faute.
Ils sont venu il y a une heure pour prendre ma température.
Je ne sais même pas s'ils savent lire les chiffres ces cons.
Ils font semblant.
Je mettrais ma main à couper.
Je ne supporte plus leurs blagues à deux balles.
Je rêve de Marc Levy !
Vous vous rendez compte ?
Temps d'arrêt.
De Marc Levy !
« Quand blanchit la campagne...
Long temps d'arrêt.
Dites-moi,

« que faudrait-il faire,
chercher un protecteur puissant,
prendre un patron ?
Et comme un lierre obscur qui circonvient un tronc,
et s'en fait un tuteur en lui léchant l'échine...
Long temps d'arrêt.
Je n'y arrive plus.
Ma mémoire se flambise.
Je me ramolli du cerveau.
Ne me dites pas que je deviens comme eux.
Ce n'est pas possible.
2x2...4,
12x12...144.
C'est trop facile non ?
Ça, ceu si, so, su ;
ba, beu, bi, bo, bu ;
gla, gleu, gli, glo, glu ;
dza, dzeu, dzi, dzo, dzu.
Mes pieds ne touchent pas terre !
Bercez-moi, rêves de ma jeunesse,
bercez-moi doucement.
Ne pouvez-vous,
trompant ma stérile vieillesse,
revenir un moment ?
Bercez-moi,
visions envolées qui naissiez sous mes pas !
Où donc ont-elles fui,
vos joyeuses années volées qui ne reviennent pas.
L'âme qui vous couvrait n'est elle plus la même : elle ne dit plus
rien,
elle ne sait plus me chanter !
Quoi ?

Finalement,
je ne vais pas être riche demain.
À   bientôt j'espère.
Écrit sur le mur blanc.
« Nom de code Humanity »
Charles sort de scène puis y retourne sans rien dire accompagné de Jean.
Jean – Je ne renonce pas à la poésie !
Et vous ?
En s'adressant aux acteurs.
Moi, je vais être riche demain.
Quand d'autres passent la main.
Qui, qui veut m'être un sosie ?
A*u public.*
Vous madame ?
Vous monsieur ?
« Sous la lune lucide et claire,
les ponts luisants insidieux,
l'eau baignait de flots gracieux.
Paris gai comme un cimetière. »
Non,
ne croyez pas ce que vous entendez dehors.
Je ne renonce pas à la poésie !
Je ne lègue pas aux jeunes ma lyre !
Enfants,
héritez juste de mon délire.
Il ne bouge plus. Sara déambule dans le public.
Sara – Amis
le temps n'est plus des guitares.
Charles – Oh que si !
Sara –... « Des plumes, des créanciers,
des duels hilares à propos de rien.

Voici venir le spectre,
l'impérieux !
Sa main montre un but
son oeil éclaire
et son pied tonne.
Hélas !
Nul moyen de remettre à demain ».
Puis ne bouge plus.
Charles – « Dans ma maison vous viendrez,
d'ailleurs ce n'est pas ma maison.
Je ne sais pas à qui elle est.
Je suis entré comme ça un jour,
il n'y avait personne».
Seulement des piments rouge accrochés aux murs blancs.
« Je suis resté longtemps dans cette maison.
Personne n'est venu.
Mais tous les jours,
tous les jours,
je vous ai attendu ».
Il ne bouge plus.
Jean – J'étais là moi !
Regarde Je suis là !
Charles – « Vivre pour le meilleur ! ».
Et enfin Arthur sur scène.
Arthur – Ô je voudrais tant que tu te souviennes,
cette chanson était la tienne,
c'était ta préférée,
je crois...
Qu'elle est de Prévert et Cosma...
Et chaque fois,
les feuilles mortes...
Sara – À Gottingen, à Gottingen...

Jean – *Lâche un grand cri d'espoir aux acteurs.*
Rêvez les yeux ouverts mes amis !
Au public.
La vie n'est qu'un rêve !
Avec vous, inversons la nation !

L'homme livre passe tel une colombe dans la pénombre.

...

Nom de code Humanity
La Nation inversée
Dystopie
Théâtre

...